戲夢貓生

目次

第1話

咪豬現形記

看咪子如何從悲慘世界
展開遠大前程，
蛻變為橫行江湖的
神鬼咪豬。

咪子的故事

欸、是小貓耶
喵
喵
拉
你想幹嘛！
我們又沒養過貓
可是他們好小喔….
小貓不是更難顧？
可是在下雨了耶…
不然,先移到旁邊去….

我朋友的公司
有養貓
她應該可以幫忙
喂～是我啦
我撿到一窩小貓…
蛤～～
養貓要買什麼？
我下班過去
看看再說…
哇….
這還沒滿月吧….
那要怎麼
喵 喵 喵 喵 喵

那費用…
你不用操心!
小貓要餵這種專用奶粉
嗯嗯
4小時要餵一次
好好喝喔♡
嗯
保溫的事…
大小便…
嗯

你試試看
～過了幾天～
沒想到4隻小貓都給你養活了
因為有妳幫我啊。再來就是要送養了
我會跟妳一起審核領養人的

那隻很黏人喔
你要不要認領
喵哈哈
我是有想過啦
但想到以後母貓
要結紮就很不忍心⋯⋯
你腳上那隻是公的
呃⋯
喵

媽媽擔心我年紀太小在家裡
不太好，決定帶我跟她去上班。

好可怕⋯⋯
他們會揍我嗎?
要打招呼嗎?⋯⋯

呼~~
好像對我沒
興趣的樣子

飛踢!!
居然踢中了!
你怎麼不閃開?
喂~
新來的~
你叫什麼~
媽媽救我……
我是小花,6個月大
所以你要叫我姊姊
你的乾乾好好吃喔~
以後我們可以
一起玩喔~
可以不要嗎?

我的修練旅程於是展開……
救貓啊！
要出貓命了！

因為我體型比較小

每天每天都慘敗.....

除了星期一到五去公司接受
小花姊姊的“訓練”之外，媽媽去
哪都帶著我，幾乎沒有讓我一隻
貓待在家。

今天又到
哪裡了？
嗚哇！
那是什麼!?

那是什麼鬼東西!?!
（瞬間躲床底）

長得好奇怪喔
雖然花紋跟我一樣
但是臉好醜喔⋯⋯
還伸舌頭扮鬼臉！

嗅
嗅
啊啊啊！
不要過來！

啊!!
他看過來了

今天你不弄死他
明天他就弄死你
知道了嗎？
知⋯知道了⋯⋯

拼
了

嗚吼吼
毫髮無傷……
好可怕……

後來我越長越大隻，打架就再也沒輸過了。哈哈哈！

漸漸的我可以打成平手了

有一次媽媽帶我去了
比較遠的地方。
都睡醒了
怎麼還沒到？
到了！
到了！

海邊到了♡
好遼闊的……景象……
驚嘆
居然有這麼大的廁所!!

趕緊尿一泡做紀念～
帶咪子過來玩沙！
好～～

我說啊….

你們真的很幼稚….
哈哈哈
快拍下來！
哈哈哈

在到處趴趴走累積膽識，
還有打贏小花姊姊之後，
媽媽並沒有因此自滿，
反而持續幫我尋找對手，
我也沒有懈怠，我知道
世上沒有最強！
只有更強更強!!
欸我不是那意思，
那只是貓友的聚會…
每一戰我都全力以赴，完全沒有鬆懈

媽媽看我一對一都是壓倒性勝利，已經找不到對手，只好改變形式，讓我挑戰一對多的戰鬥!!
然後我就來你家了。
你媽媽不是這意思
沒想到一對大我還是大勝，強到這種境界，老實說，還滿無聊的……
還好收了杯麵當小弟，勉強可以打發時間。
杯麵多學著點啊
知道了咪哥！
話說咪子這名字跟他形象完全不合怎麼會取這名？
是諧音みず，水的意思唷。
那就差更遠了

管太寬

這裡是二樓
你在跟誰嗆聲啊?

他根本聽不到啦
汪汪
ㄏㄚㄏㄚ

暴衝

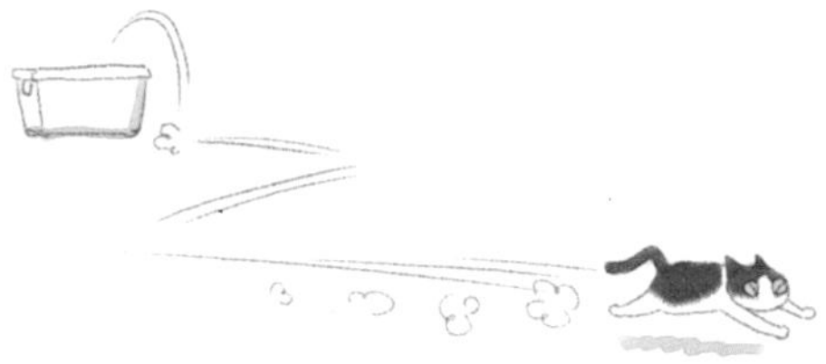

貓上完廁所會亢奮的衝刺，據說是想要盡快隱匿自己的一種本能反應。

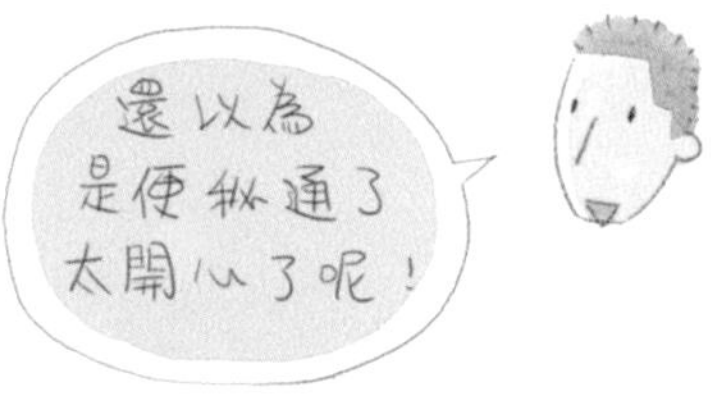

來個帥氣抓板動作！

嗚呃!
打滑
喵哈哈

碰！
打滑
哇！
你還好嗎？
看來是沒事
喵哈哈

穿衣服

衣服都穿不下了
咪子你好肥....

那就脫掉啊
我又沒有想穿....

小心
嗅

謹慎

咪...咪...咪哥....
你怎麼會變這樣?!
又不是我弄的!

是感染什麼霉菌嗎?
怎麼全身都變色了.....
......!

懶得跟你解釋
站起
嗚哇!!!
不要碰到我
誰!?
哇啊啊
這是怎麼回事!?!
世界末日傳染病!!!
哈哈哈哈哈
(看戲二人組)

第2話

杯麵好兄弟

做人要拜師學藝，做貓也不例外。
跟對老師讓你住樓房，
拜錯師父讓你吃泡麵，不，是杯麵。
看杯麵如何遇貓不淑，學盡壞本事。
偏偏男貓壞壞惹人愛啊～
瞧妹趕快看過來……

不給抱

又撲空

杯麵被抱起來都會很像玩輸了一樣的哇哇叫,所以我們都很喜歡抱(抓)他。

杯麵二三事

杯麵基本上整天
都跟著咪子在遊蕩

所以根本叫不動

～然後有個情況他會閃更快～

哪聞得到啊
這麼遠耶
想臭我!
2公尺
喝!
唔哇!!
太好笑了你
都是你去年
拿柚子給他聞啦
也才一次而已啊

～還好挖沙時他會主動過來討摸～
興奮
搓搓搓搓
咪嚕嚕

兄弟鬩牆

鮮食要退冰
先喝溫水吧
霸氣先喝
我先
好啦
好啦
老貓吃完早餐後……
換你們
吃早餐嘍~~
鑽
去哪裡啊？
飯在我這裡！

原來是溫水！
我要喝

你老大
還是我老大！
咪子也有
不讓杯麵的
時候啊～～

兄弟有難

不給醫生看，
你皮膚要爛掉嗎
吼吼~~

喔
咪咪來
關心麵麵嗎

還以為你要
來救他⋯⋯
沒用的東西！
丟我大黑白幫的臉！

義氣

來搓一搓~~
呼嚕
好了喔?
嗚哇
嗚哇
麵來啦~~
你在叫什麼?
嗚哇
嗚哇
喵
喵
嗯!?
咪子的叫聲!
好小聲……
難道!
嗚哇
嗚哇
喵
喵
在臥室裡!?

你什麼時候
溜進去的
原來是要我
去救咪子喔！
咪哥沒事就好～
不愧是我好麻吉！

杯麵不只整天跟著咪子鬼混，更多時候都不問對錯，完全跟咪子站在同一邊。

杯麵你幹嘛進去
又不是在罵你！
隨便你
咪哥！
我永遠跟你
同進退！
不愧是我兄弟
升你當副幫主！

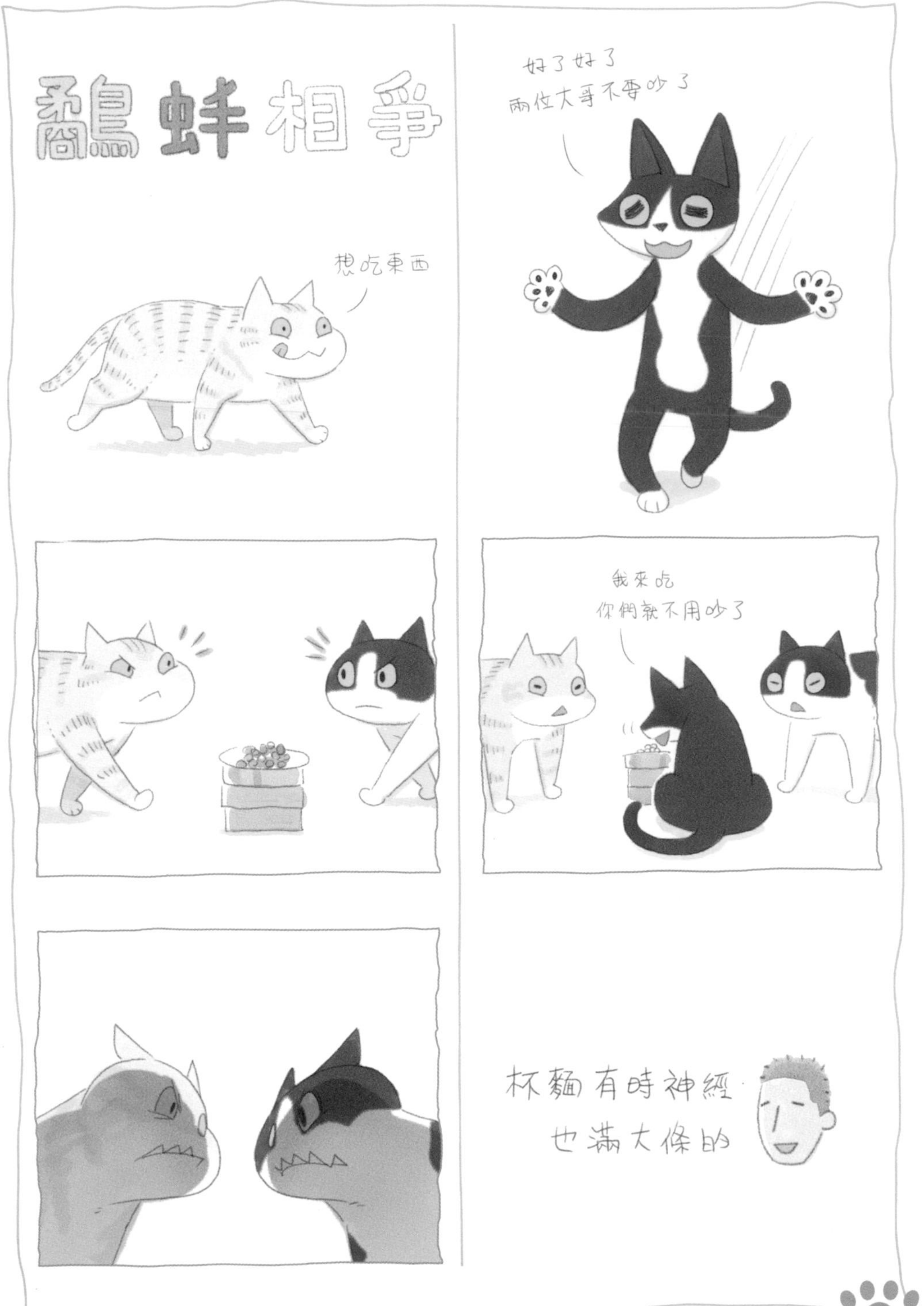
鷸蚌相爭
想吃東西
好了好了
兩位大哥不要吵了
我來吃
你們就不用吵了
杯麵有時神經
也滿大條的

第3話

襪襪傳奇

黑臉暖男襪子是妙家第四貓，
沒脾氣、合群愛玩伴，
尤其喜歡追著小白球
一直跑、一直跑、一直跑。

襪子的故事

阿襪是我養的第4隻貓，那時家裡有卡卡、妹頭、基米。不知道為什麼被黑臉貓煞/萌到，就上網搜尋領養的訊息。

原本有找到一位小姐要送養成貓。我急著想聯繫領養細節，她因故回信都會拖兩三天，我一急口氣不佳，她也怒了，覺得我意圖不軌，領養就告吹了⋯⋯

後來又找到另一個領養訊息。

由於那時處在失心瘋狀態，還是和對方約了見面……

雖然帶母貓給我看的舉動很怪，
可我還是衝動得帶阿襪回家了。

（當天晚上）

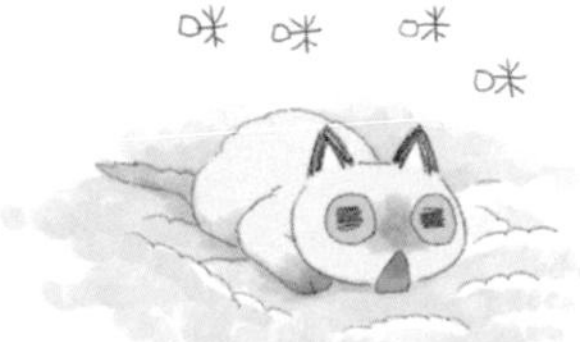

然後就完全不記得
阿襪小時候的事了…
我忘性超強!
你太誇張了!
總有照片吧
以前也不習慣
拍照,只拍了一兩次

像這張我根本
不知道他們在幹嘛

因為我不是跟貓很親暱的人,

阿襪跟著卡卡、妹頭也很乖,
沒有像杯麵這麼過動、到處搗蛋,
而且又不吵不鬧,也沒病痛,
一眨眼就長成大貓了。

因為襪子加入時是小貓的年紀，
完全沒有公貓的競爭意識，不像
卡卡和基米每天都在吵架。

卡卡一直當他是小貓

妹頭跟他是好玩伴

那時候脾氣很差的基米也能接受他

沒多久妞妞也來了我家
妞妞對公貓都很兇，
唯獨阿襪能和她一起玩.

又好多年之後，大咪和妹妹一起來
我家，阿襪還天真的想去跟他們
交朋友.....

PS、陌生貓初見面劍拔弩張是常態。

由於阿襪一直沒有什麼男子氣概，加上毛長看不到蛋蛋，我就忽略了該結紮這件事，直到……

阿襪你在幹嘛？

尿在牆上叫我
怎麼清理啊!!

那時心軟聽醫生建議用避孕針的方式來避免發情，只有卡卡和基米有結紮。

天！好臭!!

後來就出事了….
妞妞子宮蓄膿很嚴重！要馬上動手術！
怎麼會!?她平常進食活動都很正常啊
貓都這樣很能忍痛
你要知道，手術不能保證救得回來
醫生拜託你了

都怪我心軟沒用
一直沒結紮才會這樣……
算了
那麼大的傷口
都不喊疼耶
手術完成了。
但我這邊沒有空間留她，
你要每天帶她來打點滴觀察
好
妞妞乖
〈回家後〉
嗯？
這什麼怪東西？
那是要打點滴
留的針頭。
妞妞順利康復之後，我再也沒去
那家兩光醫院了。改去另一家風評
不錯，但比較遠的醫院幫妹頭結紮。
開車要半小時

但是妹頭的狀況更糟

她原本膽子就小，又神經質，手術後的不適和留院觀察真的嚇壞她了。回家後完全不吃不喝，連看到我也拚命躲……

已經3天了
怎麼辦？
那得灌電解水才行！
不要害我
不要害我

是我啊
妳不認得我了嗎？
救命啊

其間又帶去醫院檢查，確定沒有身體的狀況，只是驚嚇過度所致。
差不多一週之後，妹頭才開始進食，然後就開始過來黏人了！

妹頭啊、
妳這樣脖子
不痠嗎？
不會
可是這樣
我很難做事
換姿勢讓妳
自己走掉…
……
那我再換姿勢
好，妳贏了

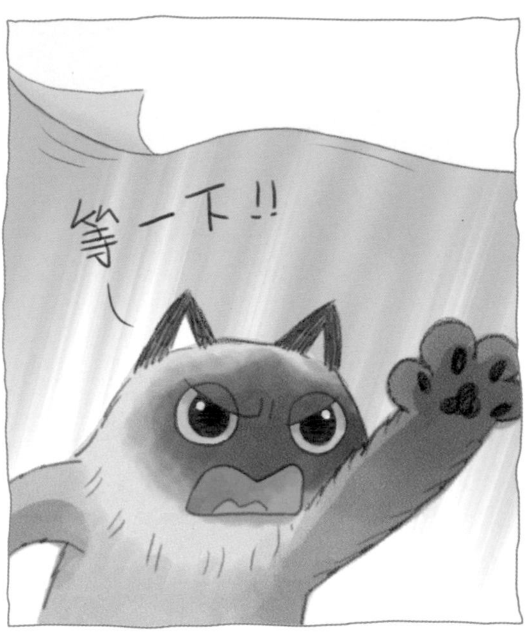
等一下!!

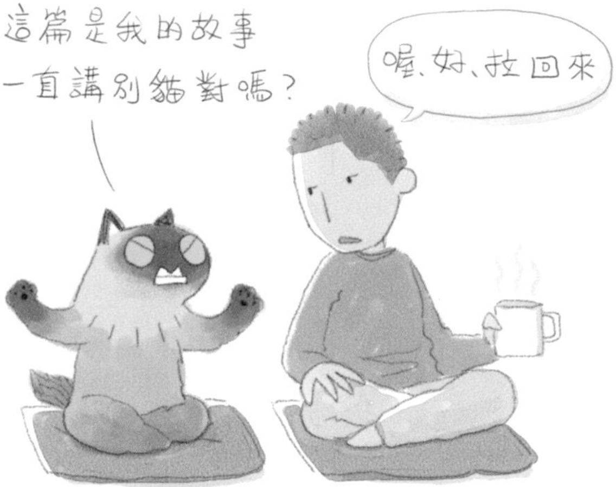
這篇是我的故事
一直講別貓對嗎？
喔、好、拉回來

關於阿襪結紮的情況：

手術順利，隔天就活跳跳，

完。

因為前幾隻卡卡、妹頭、基米都是短毛貓，我完全沒有意識到貓需要梳毛這事，妞妞來了才開始幫貓梳毛。沒想到阿襪愛得不得了！

我要梳臉啦～
你不要激動！亂動我很難梳！
猛踏
躺好！

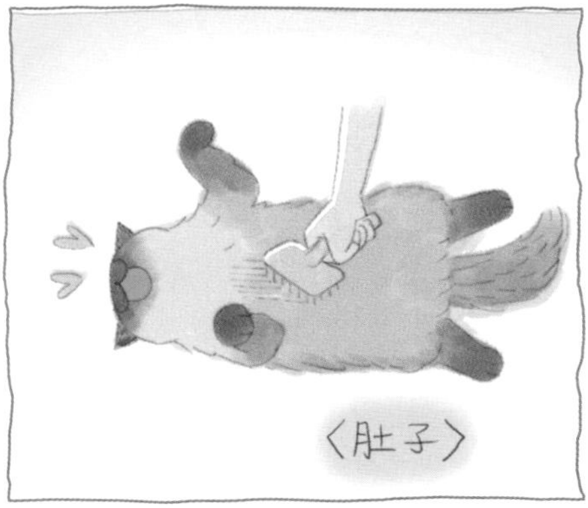

不只梳身體和頭部，連一般貓是地雷的部位他也都愛！

其實光用手梳他也是很享受。
每次都會開心到"開掌花"和"流口水"

PS.掌花是小貓撒嬌時的踩踏動作。

後來甚至還利用梳毛幫阿襪克服了怕生人的個性,他真的超級愛梳毛!

繼續·襪子的故事

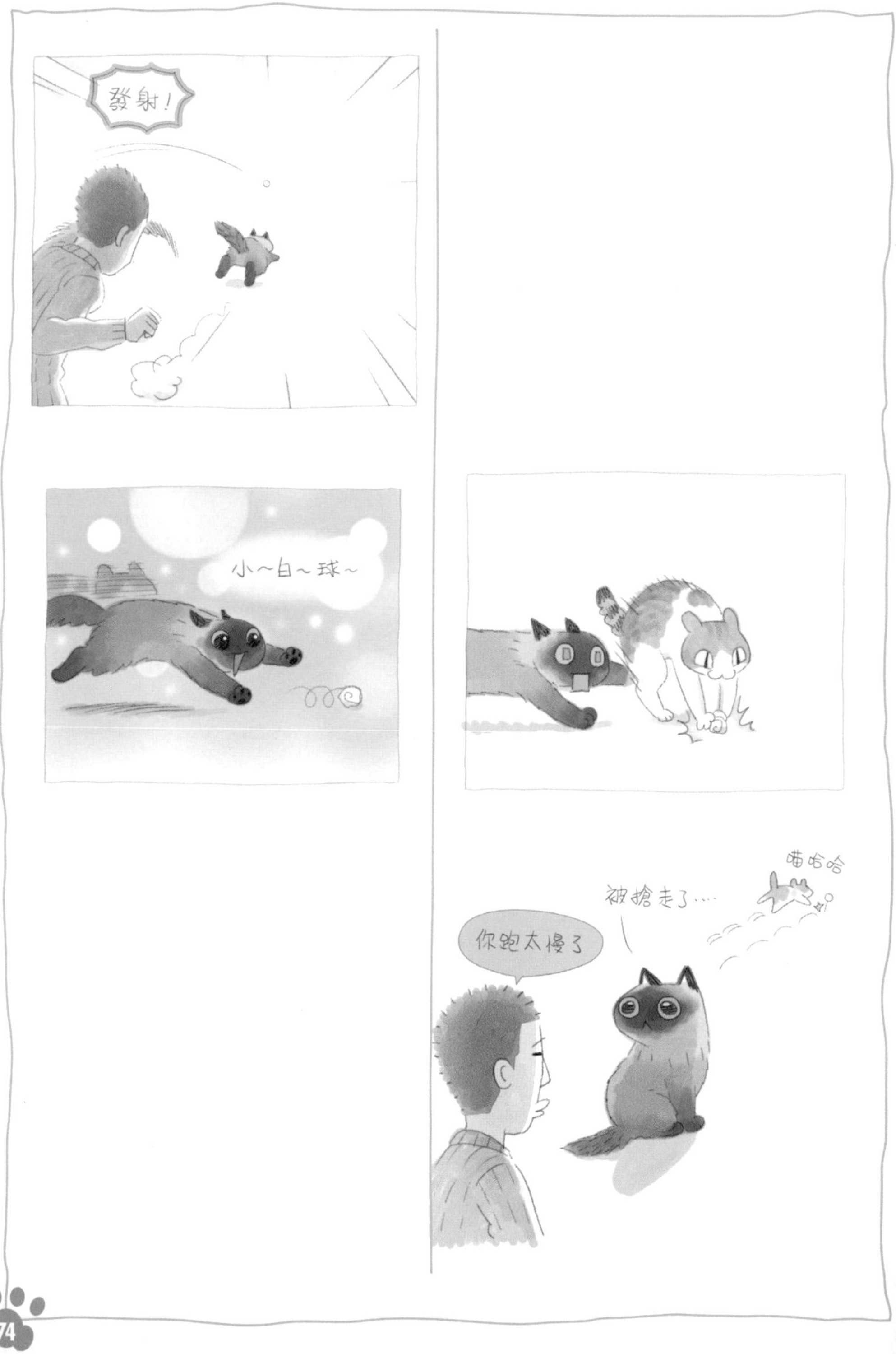
發射！
小～白～球～
被搶走了‥‥
喵哈哈
你跑太慢了

再來一球
揉

發射！

喵喵
阿襪你真的很弱

我家貓咪不會搶玩具，也不會一起玩，
都是傻的乾瞪眼……

也許是我很少買玩具的緣故，阿襪
以前甚至會來翻我的手掌找小白球。

小白球

一方面有種「手才是我的本體」的
失落感，另一方面覺得他也太想玩
小白球了！

有時候我過敏會一直打噴嚏

哈啾
哈啾
哈啾
哈啾
哈啾

我打噴嚏
很奇怪嗎?
還是來關心我?
有可能嗎,哈
……
這不能玩啦
太噁心了!
拿去丟
給我給我♡

也曾經在我上大號的時候....
啊....
舒暢~
偷看我大便
你會長針眼喔
嗯?
好像在注意
別的地方....

給我給我給我

不行不行不行！
髒死了！

嗚…
好可惜

阿襪雖然已經11歲了，但行為舉止還是跟小貓差不了多少，真的是數年如一日。比較大的改變是老了會吃木天蓼了，以前是完全沒反應的……

大家怎麼了???

滾
蹭
扭

木天蓼會讓貓有類似酒醉的反應，立即見效，不會宿醉，沒有副作用。

相較於沒反應的阿襪，基米則是千杯不醉的狀況，其他貓光是聞到就倒了說……

好吃！

一直到近幾年，阿襪才開始
愛上木天蓼這玩意兒～

木天蓼的作用幾秒鐘就會退了!

忘我

喵呴呴

終於換我了!!

哈哈哈
喵哈哈
踢踢踢

好像在看
驚悚片喔
真的…
（看戲二人組）

鳩佔鵲巢

白天會讓黑白幫到客廳活動，

釋放一下精力過剩的能量。

阿襪就乖(被)乖(迫)一整天待在

他的位置：矮凳下。

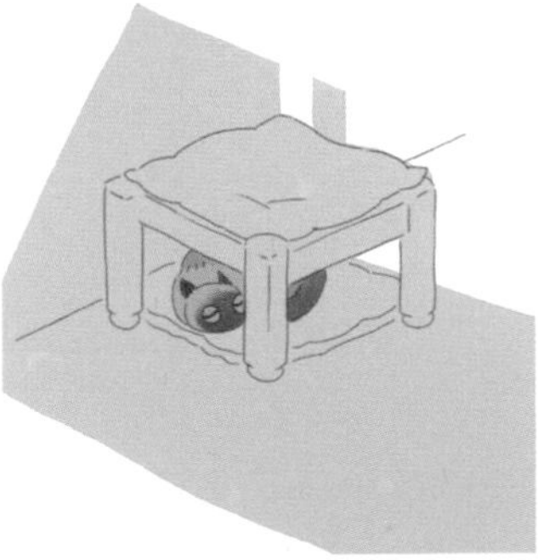

我們要出門，或是晚上睡覺，黑白幫一關起來，阿襪才會出來活動。

～這天～

阿襪你站在那，
不怕被偷襲喔
因為現在我也不知道
要待哪好？
你不是都
待在那…
喵哈哈哈
魯貓不配用電暖器啦
欸你們真的是
流氓耶…！

卡住

小常識：

貓咪興奮狂奔時偶爾會
發出「嗯嗯嗯嗯」的聲音。

阿襪除了奔跑，還會發生一些窘況…
蠢事①：
妙大今天提這回來
我來調查一下。
(好奇)
嗯……
是基米的味道
咔啦咔啦
你在耍什麼寶啊…？

咔啦
咔啦
咔啦
爪子收起來就好，
你在幹嘛……
蠢！
蠢事②：
新紙箱

為什麼你老是發生卡住這種蠢事……？
對啊，為什麼喵……？

阿襪喵喵叫

喵哈哈哈哈

喵!
喵!
喵!唔哇!
喵唔~
哇嗚
自己一隻也能嗨成這樣.....
是在唱歌嗎

第4話

軟Q妹頭

看似美少女，其實美魔女，
妙家最溫柔婉約的古典美貓非妹頭莫屬。
只有她願意服膺妙總領導，
永遠守在電腦螢幕前、臥倒滑鼠上，
同時忘記老之將至爬高爬低，
只為獲得妙總青睞。

自 high

自從工作室弄好之後，妹頭都喜歡待在小抽屜上面。在人附近她會很自在，接著就會開始蹭頭、扭動、打滾。

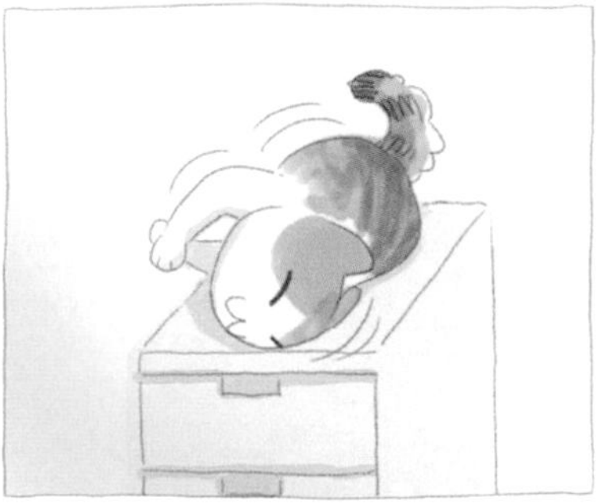

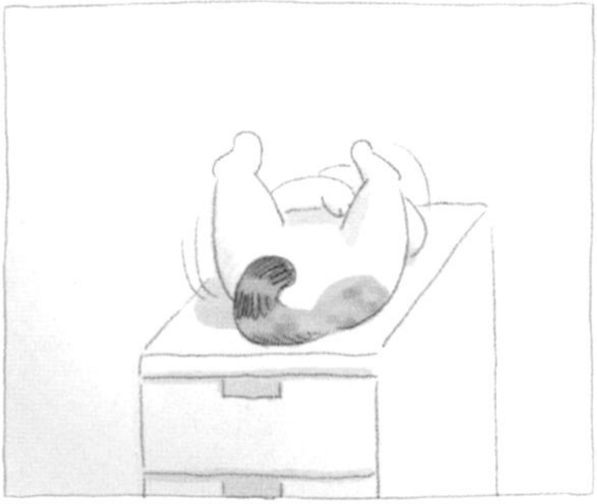

也有時會在上面自high

有一次她high過頭，不知道在想什麼？……

啊!!!
我來接你!

喵～
嚇死我惹
拜託你有點
老貓的自覺！
不要亂來啦！
喵！
喵你頭啦！
喵

有怪獸
妙副總他們回來了～
聖誕節擺攤戴這個很有Fu吧～
你自己戴我不奉陪....
是妙副總的臉沒錯啊
可是又是怪獸的外型???

好不好看啊
妹頭~~
妳不認得我喔
果然是
妙副總嘛
果然是怪獸!!

是我啦！
是怪獸！

這邊也有
兩個笨蛋！
咪哥……
怎麼辦……
不要靠近它……
哇
可是後來擺攤忘記帶去
除了嚇貓根本沒派上用場……

妹頭哀哀叫

關起來！
※漫畫效果，請勿丟貓
麵你一樣煩!!
※真的不能丟貓
每天都要作亂吃飽太閒！
！
煩死了！整天救你，我都不用畫圖了！
吼～
喵吼！喵吼！
你待這裡！我省得跑來跑去！

我的位置換到
妙剎總旁邊了……
也就是說…

我是
天下第一特級小秘書喵
我要加倍努力上班！
Z Z Z Z Z

天下第一特級工作室
怎麼可以沒人在!!
怎麼辦?
妙副總呢?
怎麼辦!?

喵嗚喵嗚!!
妙副總不見了～～

……火

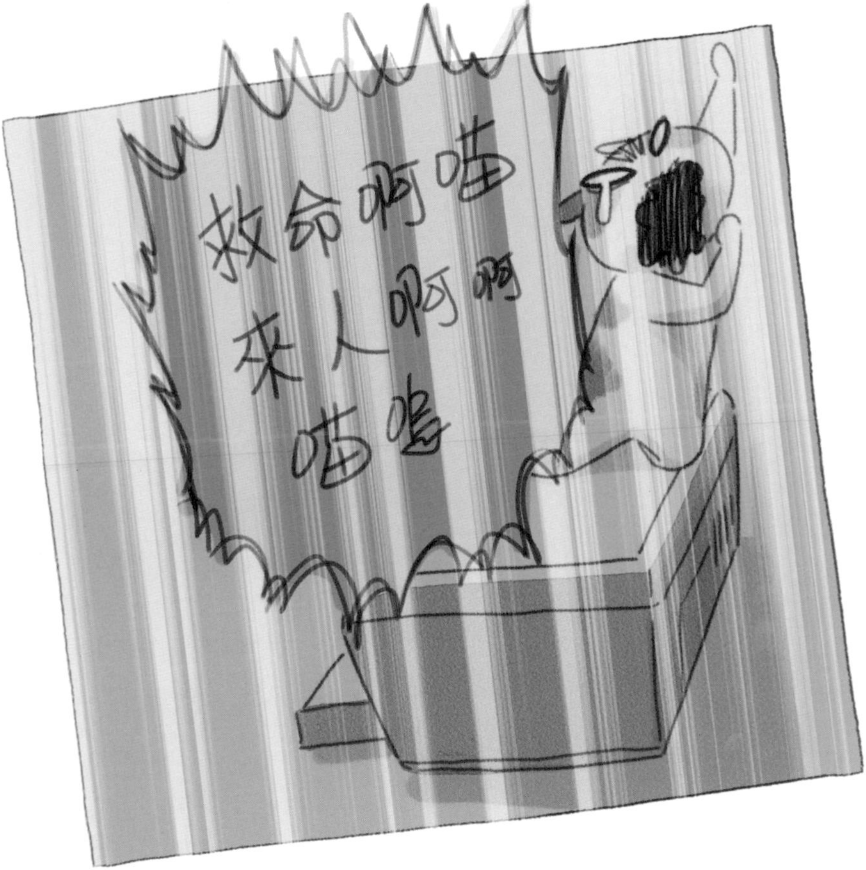
救命啊喵
來人啊啊
喵嗚

哭屁啊妳!!!

妹頭真的很神經質。

搗蛋鬼

喵哈哈
嗅
走開啦!
是我先佔到的

快速組裝完成
鏘鏘～！
嗅
嗅
擺攤用品
通通收起來～
咦？關不起來？
可惡～！
難道是瑕疵品？
用力

是哪裡卡住了？

原來……!!
很無聊耶杯麵！

另外一次

欸!?
原來阿磯
不是「不進去」
是「進不去」啊

哼、也沒什麼嘛喵

第5話

新天堂樂園

妙家重量級大腕「基米」幾經波折，

終於隨著妞妞奶奶後塵，

奔赴天堂。

且回顧陪伴我們多年的

卡王子、妞妞、基米的一顰一笑吧！

熱飲

由於台中氣候舒適，冬天也不至於太冷，以前在宜蘭的時候，時常出現的「一冷泯恩仇」的聚集光景都沒看過了。

原來我是把貓床到處擺，想說分散點看他們愛睡哪就睡哪，但後來發現大家都偏好靠浴室那面牆，最後所有貓床還是都擺在一起了。

雖然台中比較不冷,我自己也許是
不年輕了,反倒越來越怕冷…
圍巾
蓋腿
襪子
熱飲更是整天喝
對了!
那貓搞不好
也可以喝溫水
妹頭快來～
來了來了
喝水我很會
快誇獎我…

好暖和喔…
啪嗒啪嗒啪嗒
好喝好喝
嗯！
有好吃的？

我也要嚐嚐～

嘩！～太棒啦喵！～

啪喳啪喳啪喳
啪喳啪喳

電暖器

你們要感謝基米,
為了幫他保暖才買的。
先發制人!
好像不是會害我的東西

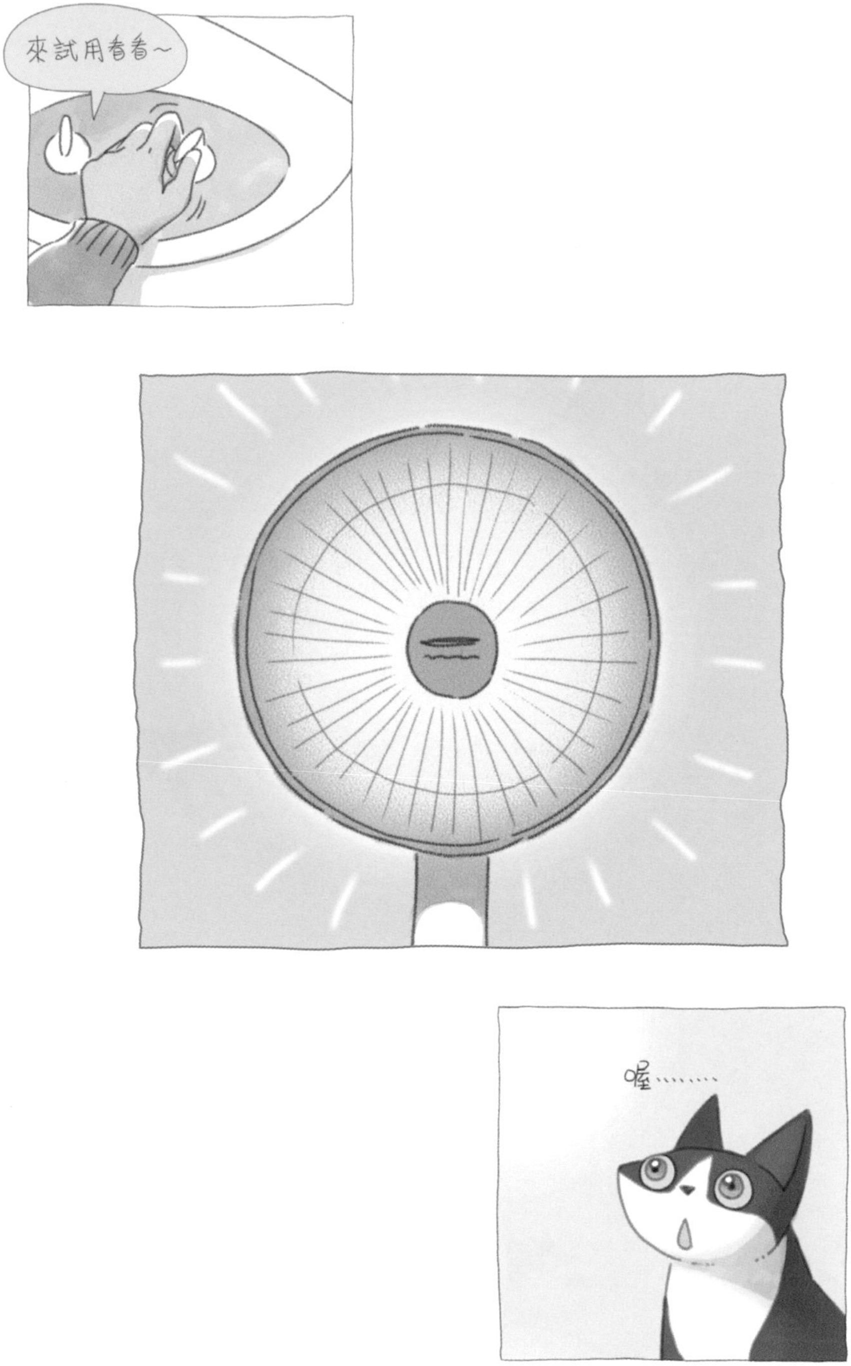
來試用看看~
喔……

好暖和啊～
心中的焦慮都融化了
恐懼也消失了♡
暴戾之氣都沒了～
心中一片祥和～～
放下屠刀
立地成佛
大概就是
這種感覺吧

襪子在裡面
Sunkist

（拍照時基米跑掉了）

沒想到電暖器也能為世界和平出一份力呢～～

（後來拍的）

其實我自己也很怕冷啊……
穿三件褲子

妞逃命

回程路線

妞不要走那邊！
流氓咪在前面！
妞看前面！
不要過去!!
妞～～

快逃

妞妞你盡力了⋯⋯

身輕如燕

以前基米還胖胖的時候，
真的是很懶得動……

冬天的狀態

夏天的狀態

開貓草趴的時候，也幾乎不會扭動，只管低頭猛吃！

就算用逗貓棒，最多大概只能讓他起身、用眼神狩獵！

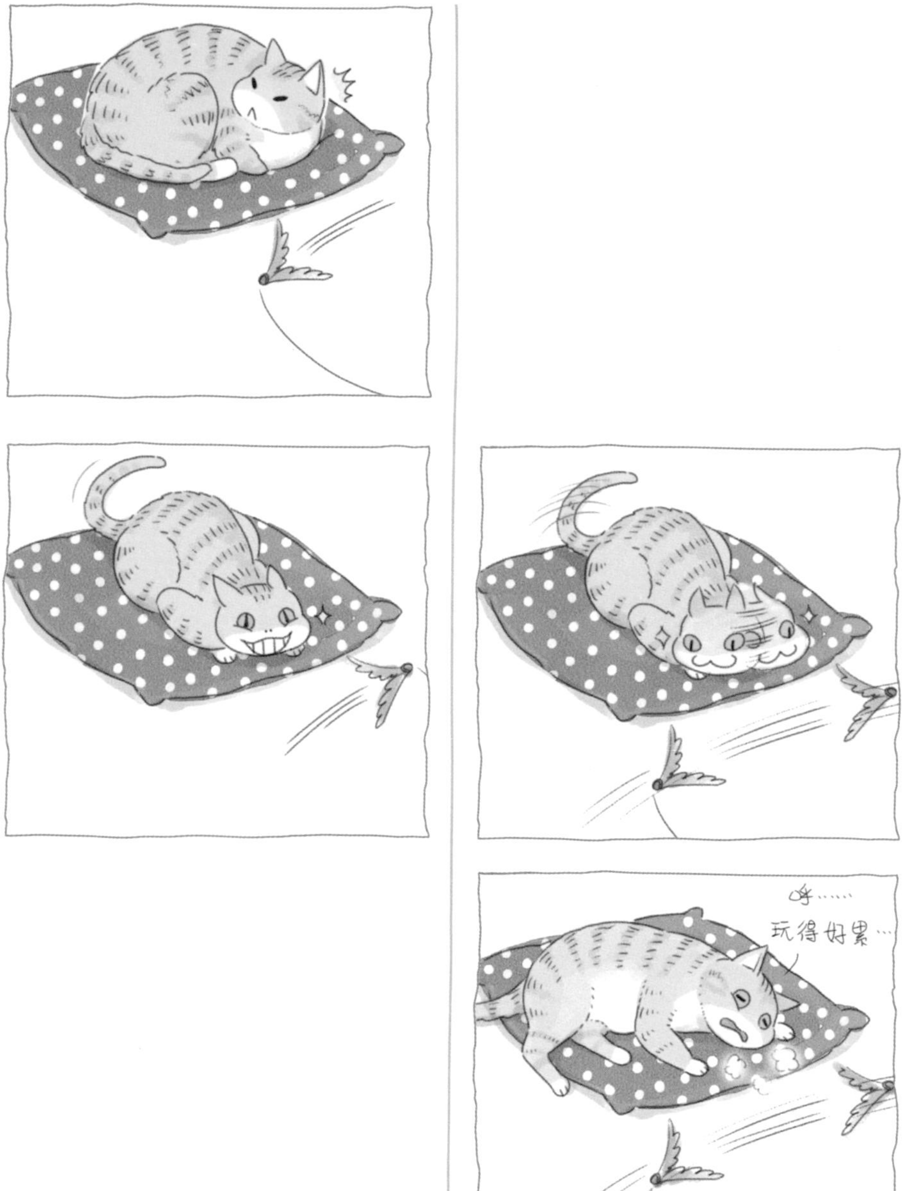

現在因為年紀大瘦下來之後，
覺得他行動變得好輕盈～

這天……
基米你想上去啊
真的老了
這高度已經跳不上去了
你要幹嘛？

你不要嚇我好不好!
等下從椅子下來
一把老骨頭了不要做危險動作!
摔下來怎辦!
你身上可沒有肥油可以緩衝
得意

為吃瘋狂
真的好冷…
有寒流去
打球還是太
勉強了….
基米現在
沒毛又沒肉
應該會冷吧
穿個衣服
好了～
不准綁我！
我不要動手術！
太常去醫院
後遺症
喵哈哈～
你綁太鬆了
我還能跑～～
溜
吃晚餐喔
我的
我的
我的

妞妳吃
太慢了
去旁邊
單獨吃～
給我
給我
給我
給我
其他貓來
ㄎㄠˋ
氣勢很猛
但其實吃很慢
快
快
快
←沒看路
我的呢
我的呢
我的呢
碰

瞬間吃完自己的
和別貓的
嗯!
有味道!
我要吃♡
喀喀喀
喀喀喀
什麼
怪聲音?
喀喀喀

喀喀喀喀
卡住
喀喀喀喀
哈哈哈
基米你
太誇張了！

妞奶奶的近況

好了！
充電完畢！
喔喔喔
狀況絕佳啊喵
加速喵喵喵
喂！新來的！
這邊是我地盤！
識相一點啊！

好久沒打你了
喵喵哈哈哈
哪來的
瘋女人!?!
妹妹和大咪
也在這裡啊?
對啊
我來一陣子了

妞妞在2016年的第一天，
平靜的在家裡離開了。

基米的近況

基米~~
肥基你這樣子
也太慘了吧
等你喔
來吧來吧
我也覺得差不多了.....

你幹嘛趴在
地上?很冷耶!
來吃飯啊
我不吃
處方乾乾
100%都是罐頭
沒有摻飼料喔
可是沒胃口耶……

基米這兩天都去角落窩著，像是在等待什麼似的。
不想嚇大家，我有心理準備了，
請大家心裡也有個底。

戲夢貓生

YC3032

作　　者　妙卡卡（Facebook搜尋「妙卡卡」http://bit.ly/myukaka）
責任編輯　謝宜英
校　　對　妙卡卡、謝宜英
美術設計　劉曜徵
總 編 輯　謝宜英
行銷業務　林智萱、張庭華

出 版 者　貓頭鷹出版
發 行 人　凃玉雲
發　　行　英屬蓋曼群島商家庭傳媒股份有限公司城邦分公司
104台北市民生東路二段141號2樓
劃撥帳號：19863813；戶名：書虫股份有限公司
城邦讀書花園：www.cite.com.tw 購書服務信箱：service@readingclub.com.tw
購書服務專線：02-25007718～9（週一至週五上午09:30-12:00；下午13:30-17:00）
24小時傳真專線：02-25001990～1
香港發行所城邦（香港）出版集團
電話：852-25086231／傳真：852-25789337
馬新發行所城邦（馬新）出版集團
電話：603-90563833／傳真：603-90576622
印 製 廠　成陽彩色製版印刷股份有限公司
初　　版　2016年9月
定　　價　新台幣330元／港幣110元
I S B N　978-986-262-294-0

讀者意見信箱　owl@cph.com.tw
貓頭鷹知識網　www.owls.tw
歡迎上網訂購；大量團購請洽專線 (02)2500-1919

國家圖書館出版品預行編目資料

戲夢貓生 / 妙卡卡作. -- 初版. -- 臺北市 : 貓頭鷹出版 : 家庭傳媒城邦分公司發行, 2016.09
面；　公分
ISBN 978-986-262-294-0(平裝)
855　　105008369

這則研究提出了一個有理論趣味性的問題。

比較性發現的種種變化

想像一個有四個格子的表格，把研究人員的預期分成兩組（一組預測這個比較會揭露出一種差異，另一組則預測不會顯示有任何差異），然後依據研究發現，來區分每一個結果──顯示有差異的那些，跟顯示沒有差異的那些（見表三）。這張表裡的四個格子代表研究結果。在標示為A的格子裡，研究人員預測某種比較會揭露出某種差異，而那種差異被發現了。對研究者來說，這是理想的情況；社會學期刊裡充滿了這樣的文章，作者發展理論，衍生出可以透過某種比較來測試的假說，然後報告顯示的結果跟假說一致。這種結果似乎很有鼓

表三　研究人員的期待與可能的結果

	研究人員的假說	
實際發現	預期中的差異	沒有差異
發現差異	A	D
沒有發現差異	B	C

勵效果，因為這樣指出作者們的理論可能是正確的，而且這個理論很值得再進一步探究。

B格理應很重要。這些例子裡，社會學家預測會出現差異，然而結果卻沒有展現出任何差異。這指出社會學家的推論可能不正確，世界並不是照著研究者以為的方式運作的，或者可能是假說背後的理論有誤。原則上，像這樣的負面結果很重要，因為這些結果揭露了一個理論沒能正確做出預測。然而，通常對分析者來說很重要的是，他們相信自己的推論是健全的，而且他們可能很不願意只因為這個研究不支持理論的預測，就拋棄他們的理論。他們反而可能會偏愛其他或許成立的詮釋。或許社會學家沒有把研究設計好，使其無法恰當地測試這個理論的預測。或許更好的分析技巧，像是一個比較細膩成熟的統計測試，就會導致跟理論預測較為一致的結果。或許理論大致上是正確的，卻需要經過修正，才能涵蓋研究的結果。換句話說，在面對一個沒得到證實的預測時，我們傾向於先假定理論本身沒問題。

在實用上，B類負面結果很難發表。一位期刊編輯會很樂意接受肯定了理論假說的A類研究，然而負面結果通常不會被當成是理論有錯，而是要怪研究者，批評家懷疑，最有可能是他們做錯了什麼。當然，如果好幾個研究者都得到負面結果，可能會有愈來愈多人支持理論本身有某種缺陷。但從短期來看，有種慣性支持把理論看成是可行的，直到有實質證據指出並非如此為止。

期刊編輯不願意發表負面結果，有些真正實際的後果。假定學界已經做了十項不同的研究，以確定一種藥廠新藥是否比現行療法更有效，而在十項研究之中，有九項結果是新藥效果沒比較好。這些B類研究可能不會被發表（尤其在研究經費是由開發這種藥物的藥廠所資助時，藥廠沒多少興趣報告這種令人失望的結果）[1]。與此同時，唯一一個指出新藥有效的A類研究找到門路出版了，因此變成對於此事的唯一公開言論。所以，這就變成搜尋該主題科學文獻的人唯一會發現的東西：新藥的優越性得到支持。

這張表右邊的格子舉出稍有不同的議題。其一是，預測在一項比較中將不會揭露出任何不同，是比較少見（而且不太有意思）的做法。C類模式不太常見，因為通常較難論證說，預測一項不會展現出任何差異的比較有其意義。然而社會學家有時候會用這樣的論證，來挑戰常有人主張、卻有潛在錯誤的看法。舉例來說，想像有個廣為流傳的刻板印象，說某個族裔團體比另一個團體更可能出現青少年犯罪。一個社會學家可能會論證說，族裔與青少年犯罪之間的表面關聯可能是假的，事實上是社會階級上的不同，影響到變成少年犯的可能性；然後繼續預測，如果我們控制社會階級因素，青少年犯罪與族裔之間的表面相關性就會消失。接著，社會學家就可能預測不會出現任何差異——兩個族裔團體裡，生活比較優渥的成員之中青少年犯罪率都一樣低，同時手頭比較不寬裕的成員中青少年犯罪率都一樣高。在這樣的例子裡，找不到跨族裔的差異，只有不同社會階級之間的差異，可能很有意思——而且跟社會學家的預測一致，在這種情況下，事實會證明編輯能夠接受刊登這種研究。

第四個格子比較複雜一點點。在這些例子裡，本來的預期是不會出現差異，然而卻發現了一項差異。在前面我提過，不會出現差異的預測，通常是用來挑戰傳統思維。然而與研究者的無差異預測矛盾的D類結果，會引來類似對B類結果的反應：它們可能會被認為有缺陷，不具決定性。

如同我在前面觀察到的，研究人員——還有評論他們作品的人——有種傾向，對於理論推論的投入程度，更勝於他們的實際研究結果。一個理論提供了一個架構、一種理解多種觀察的工具。出於人之常情，研究者不情願把一個受到重視的理論，連同令人失望的研究結果一起扔掉。不僅如此，理論觀點還形成了社會學內重要知識陣營的基礎。在面臨研究結果沒能肯定理論預測時，許多陣營成員很有可能找個解釋屏棄令人困擾的發現，以便保住理論。

複製

我們傾向於把做研究想成是一次到位的決定性發現：某個人設計了一個產生戲劇化結果的關鍵性實驗。關於科學突破的媒體報導助長了這種印象。

在實際操作上，科學發展的速度較為緩慢。懷疑論者可能挑戰一項發現，並且堅持要複製這項研究。複製的基本觀念是，重複相同步驟應該產出相同結果——舉例來說，每次我們混合等量的兩種清澈液態化學物質，化合物都會變成藍色。假如結果不一樣，我們就知道一定有別的事情發生了，而我們必須搞清楚可能是什麼。我們可能要花些時間，才能對此做徹底的研究，這就是為什麼在新聞媒體宣布有個戲劇性的科學突破時，我們應該抱持懷疑態度。直到有個結果被可信地複製出來以前，任何單一發現都應該被看成是暫時性的。研究報告需要被檢驗、評估，在理想狀況下還要被複製。

實際上，要複製社會科學研究是很困難的。舉個熟悉的例子，在選舉民調產生不同結果時，評論者表達挫折並不罕見。他們問道，怎麼可能在一項民調裡顯示候選人瓊斯領先，在第二個民調裡卻顯示候選人史密斯領先？我們已經從第八章對測量方法的討論裡知道，有很多理由說明這種事為何可能發生。舉例來說，不同的民調可能問的是不同類型的人：一個民調可能包含了所有成人的回答，包括那些沒有登記投票的人；第二個民調可能只把登記選民的反應算進去；第三個可能只包括被民調人員定義為可能投票者的人（也就是自稱他們可能投票、或者通常會在選舉中投票的人）。或者，民調人員可能用不同的措辭提出他們的問題，或者在不同日子進行他們的民調。而且當然了，所有民調都是取樣；雖然它們是設計來精確代表較大的選民群體，統計理論卻告訴我們，必須預期樣本中的結果會有某些變化。這一切都意謂著社會科學中的複製結果，比較不像化學物質的某種結合每次都會變藍那樣清楚明白。

更有甚者，社會學研究問出的問題，鮮少像「哪個候選人會在接下來的選舉裡領先」那樣直截了當。通常可以想像的是，各種中介變數可能影響一位社會學家所做的比較，而批評家可能指出，關鍵性的中介變數——或許會對結果有劇烈影響的那些——先前被忽略了。

質性研究中的比較

到目前為止，我們已經考慮過相當傳統的社會科學推論類型，通常與量化分析相關（假說、自變數與中介變數等等）。那質性研究呢？

假設奧斯丁花了兩年時間觀察醫院急診室的工作人員如何處理那些發生車禍的人。為什麼要這麼做？或許他感興趣的是比較急診室工作（在此地，緊急、高壓、高風險的決定是常態）與日常的工作。或者，他聚焦在這項工作如何從平日白天班（這時有很多其他診療室開著）轉換到週末夜班（這時有更多有醫療問題的人會出現在急診室裡）——也就是說，他在比較急診室工作人員不同班次的差異。或者，他感興趣的也可能是大城市急診室與鄉村社區急診室的差異。

還有許多其他的可能性，不過不管奧斯丁選擇哪一個，他都可能會做出外顯或隱含的比較。任何考慮閱讀奧斯丁著作的人，肯定會問：「為什麼我要花大把時間來讀別人在某間急診室裡工作的事情？」畢竟奧斯汀可以決定觀察的場域有無數個，那麼為何要選擇這一個？雖然乍看可能不明顯，這些問題的答案總是牽涉到比較性的思考。比起做量化研究的社會學家，質性研究者開始他們的研究時，對於他們打算做什麼通常沒那麼清楚的意識。畢竟，量化研究的第一步是先定義探究者打算揭露的那些關係。相形之下，質性研究可能牽涉到探索與發現；質性研究者在描述自身的方法學時，通常承認他們起初並不太確定自己的焦點會是什麼，不過一旦他們開始觀察，他們就會發現自己在想，這個場域裡的某些面向還滿有趣的。那就是關鍵步驟：確認某樣東西似乎在你看來很有意思，然後搞清楚為什麼對其他人來說，應該也很有意思。

對於質性研究者來說，在有很多例子的時候，比較是最有力的。很多質性研究涉及單一研究者，觀察某個場景或者訪談別人。對於這類工作，有個明顯的批評是：那個場景或者那些人可能並不典型。一種反駁方式是展示某個特定行為或者某種情況反覆出現：「我曾多次目睹人們做Y」或者「有好幾個跟我交談的人都講到Z」。

同樣也有幫助的做法是，在看來類似的觀察或訪談裡找出模式。舉例來說，想像一下，每當研究者在某種情況下看到某個特定類型的人（稱為X型）的時候，受試者的行為方式都很類似，而在這種情況下看到的其他類型的人則有不同的行為表現。這個研究者可能懷疑這個行為跟X型人有關聯。

或者說，我們的研究人員可能在某個範圍內看似不同的觀察或訪談中，尋找相同之處。如果在各式各樣大異其趣的情況下，X型人都被觀察到以某種獨特方式行為舉止，這也指出了那些行為是X型人的特色。其他依此類推。說到底，質性研究仰賴的就是收集規模很大的一組比較，大到足夠展現出有某種模式存在[2]。

質疑比較

在第八章，我們注意到所有研究者都會對他們測量的內容以及如何進行這些測量做出選擇。同樣地，所有研究者都會選擇他們將進行的比較，而且就像測量方法一樣，這些比較也會受到批評。

從理想上來說，比較應該具有啟發性：它們應該幫助我們識別和理解世界上的模式——花比較多時間學習的學生拿到比較好的成績；候選人史密斯的支持集中在這一群投票者中；急診室工作者用這些方式應對他們的工作壓力。有效的比較讓讀者相信社會學家的詮釋是舉足輕重的。

在比較受到批評的時候，常見的指控是研究者的選擇受到誤導。舉例來說，量化分析的批評者可能論證說，研究者沒有把某個額外的重要中介變數列入考慮。因此，菸草工業長期辯稱，雖然抽菸跟好比說癌症這樣的疾病看似有連帶關係，真正的罪魁禍首實際上可能是酒精、咖啡或者……隨你說一個。或者在當代社會學中，批評家有時候會論證說，分析者沒能考量到種族或性別可能如何影響到表面上的發現。對於量化比較的第二種、也是比較技術性的一種批評是，分析者應該選擇一種不同的方法論設計，或者一種更成熟細膩的統計測試。

質性研究的批評家也會論證說，適當的比較被忽略了。他們也可能會論證，被選來觀察的場域或者被選來訪談的人，在某方面是不符合典型的，或者研究人員誤解了所見所述。質性研究特別容易受到對證據方面的批評，因為這種研究通常不可能複製；任何複製都免不了要處理在不同時間點的不同研究受試者。就算有可能接觸相同的受試者，那些人想必都不同以往了，就算只是因為他們已經有過被研究的經驗。

所有研究都根植於比較的觀念，而所有比較都反映了選擇，這表示所有比較都可以被批評。這是無法迴避的：研究人員只能解釋他們的選擇，並且指向他們的證據。

批判思考重點整理

- 因果論證牽涉到比較自變數與中介變數的值。

- 研究發現是否符合研究者的期待，會影響對這些發現的反應。
- 複製研究在社會科學中很困難。
- 所有比較都反映出可以被質疑的選擇。

CHAPTER

11 傾向 Tendencies

前一章從社會學家比較不同範疇的人做出的觀察開始，接著檢視比較的邏輯。這一章會考量的是，理解從人的不同範疇之內與之間浮現的模式，是什麼意思。社會學思維比較屬於各種範疇的人：男性與女性、白人與黑人、年輕人與老人、加州人與德州人、生活在十九世紀跟生活在二十一世紀的人——種種可能性無窮無盡。

模式化的傾向

在社會學家回報他們的比較發現時，他們幾乎總是從傾向性的角度來加以描述：比起B群體的人，A群體的人傾向於更有可能（或者更不可能）以某種方式行動或者思考。

重要的是去體會這是什麼意思。物理科學家有時候能夠描述永遠為真的事情：氧原子有八個質子；或者每當我們混合這兩種清澈液體，結果就會是藍色的。但就連他們都常會發現自己在談論傾向性。所以說，我們全都知道有大量證據指出吸菸導致肺癌。但這仍然是一種傾向：這並不表示每個吸菸者都會得這種病；事實上，只有少數吸菸者發展出肺癌。儘管如此，吸菸者比非吸菸者更有可能發展出肺癌，而絕大多數確實生這種病的人現在或過去是吸菸者。這就是為什麼，如果我們得知露西有肺癌，我們的第一個問題通常是：「她吸菸嗎？」但當然了，有時候答案是不，她不抽；畢竟某些非吸菸者也會生這種病。指出吸菸者發展出肺癌的傾向，意思既不是所有吸菸者都會罹患此病，也不是說每個得病的人都會吸菸。

要理解傾向性，我們需要做機率式的思考。在此，經典的例子包括擲銅板、擲骰子、或者抽牌的機率遊戲。這些遊戲很容易理解：如果你擲一個均質的銅板，有一半的機率它會出現人頭；擲兩個銅板，就會有四分之一的機率兩個都出現人頭。這是因為第一個銅板有五成的機率落地時人頭朝上，而第二個銅板也有五成的機率會出現人頭（0.5×0.5＝0.25）。而且幾乎同樣可以確定：一顆均質的六面骰，有六分之一（16.76%）的機率會出現一點；如果你擲兩顆骰子，兩顆都出現一點的機率是百分之二．七八（0.1667×0.1667＝0.0278），或者每三十六次有一次。這些是有清楚界線的例子：骰子的整體重點，就在於每次擲的時候都會產生隨機結果，然而我們知道，如果我們投擲夠多次，就會產生清楚的模式。因此平均而言，兩顆骰子每擲三十六次，我們就應該會有一次得到的總和為二，同時我們可以預期，在全部次數裡有六次的總和為七（1+6，2+5，3+4）。

雖然有可能把機率思考應用在人類的生活模式上，我們知道社會生活並不是這樣界線清楚的。保險提供了一個相對清楚的例子。保險公司僱用精算師，這些人計算壞事發生的機率——像是車禍、火災或死亡——然後根據這些機率設定費率。大多數駕駛人在下一年不會發生昂貴的車禍，但某些人會，而保險公司願意跟你打賭：你付保費，他們承諾要是你出了個所費不貲的車禍，他們會買單。精算師知道某些駕駛人，像是還不太老又有經驗的駕駛人、或者沒接到很多罰單的人，比較不可能碰上車禍，所以保險公司可以對這些低風險駕駛人收取較低的保費。在美國有兩億個駕駛人，所以精算師有很多資料可以做為工作依據。他們不可能精確知道**哪些**駕駛今年會發生車禍，不過他們聽說薩維耶今年沒出車禍、或者汪達出了車禍，都不會很驚訝。重點是，他們對於整體模式——車禍的總數會是多少——相當有概念，讓他們能夠計算恰當的保費。這差不多就像一間賭場知道賭骰子不同結果的機率，然後設定了一個報酬結構，確保長期來說會有收益——只是精算師計算的機率，並不像那些賭運氣的遊戲那樣精確。

實際上，在社會學家做研究並指出模式（例如說，這個範疇的人比其他範疇的人更有可能做X）的時候，他們產出的是提供賭場與精算師計算基礎的極初步資料。請注意，精算師可以從多種來源中汲取他們的資料——像是警方的交通事故報告，還有前一年的保險索賠紀錄——用以預測下一年會有多少車禍。社會學家通常依據更少得多的資料工作——通常就只有他們要自己收集的東西——所以他們做的任何估計，都可能比精算師的預測更粗疏得多。

不過，就如同精算師用他們的資料來預測交通事故的數量，接著又以此做為計算合理保費的基礎，社會學家也運用他們的發現，對社會生活中的模式做普遍歸納。當然，他們無法很有信心地精確預測莎拉會怎麼行動，但他們可以根據莎拉所屬範疇中的人會做的行為，描述出一個模式。

這就是為什麼社會學家對於根據道聽途說來貶低他們研究發現的人，會變得很不耐煩。假設有位社會學家的研究顯示，年紀較大的人傾向於有保守的政治信念。保羅回應道：「這不是真的——我阿嬤跟阿公就很自由派。」如果我們的社會學家曾經說所有年紀較大的人都是保守派，這番批評可能就滿有力的。在那種狀況下，哪怕只發現一個矛盾的例子，都足以挑戰這個主張。不過在確認年紀較大者有保守派傾向時，社會學家承認，在年長的人之間也會有些自由派。發現某個特定的年長者是自由派，並沒有摧毀社會學家的論證，就像薩維耶沒出車禍，也沒有讓精算師對相撞總數的預測變得不足採信。

在社會學家嘗試強化他們的發現時，他們通常——如同前一章所討論的——會尋找中介變數的影響。我們的社會學家可能會查核，去看看社會階級是否造成年長者的政治信念差異——然後發現的確如此，社會階級較高的年長人士，比社會階級較低的年長者更可能是保守派，還有其他諸如此類的發現。也就是說，社會學家或許有可能對被決定的模式做更具體的限定，但他們仍然會從傾向性的角度來表達這些發現。

區位謬誤

在社會學家所謂的**區位謬誤**（ecological fallacy）裡，人會以一種更加複雜的形式混淆範疇與傾向[1]。這裡的基本想法是，社會學家比較的範疇，是由有各種行為表現方式的個人所組成的。在社會學家回報一個來自某範疇的測量內容時，這些測量內容所描述的種種傾向，不會完全符合該範疇中的所有人。假定某個範疇裡會出現的傾向，就是在描述該範疇之內的個人，會是個錯誤。舉例來說，你可以上網找到按照各州人口中的大學畢業生百分比所做出的州排名[2]。這些資料來自美國社群調查（American Community Survey，一個由美國普查局進行的極大規模調查），調查中詢問受訪者的教育成就。二〇一七年，在麻薩諸塞州完成至少一個四年制大學學位的成人比例最高（百分之四十三・四），同時西維吉尼亞州的比例則最低（百分之二十・二）。在這個例子裡，這種比較是在兩個範疇（州）的百分比（大學畢業生）之間。

區位謬誤牽涉到下面這種推論：

在西維吉尼亞州相對來說較少人擁有大學學位。
傑克住在西維吉尼亞。
所以，傑克沒念完大學。

問題是，這個推論假定對於某個範疇的測量值，能被用來決定該範疇中個別成員的某項特徵。用這種方式來表達，問題是很明顯的：傑克可能有、也可能沒有完成大學學業；只因為他住在一個大學畢業生相對較少的州，無法讓我們做出他沒上完大學的結論。

請注意這不同於下列說法：

西維吉尼亞大學社會學系教學人員的每一位都有大學學位。
吉兒是西維吉尼亞大學社會學系的教學人員之一。
所以，吉兒有完成大學學業。

在某個範疇的所有成員都共享某個特徵的情況下，我們可以篤定地做出結論：那個範疇裡的個別成員都擁有那項特徵。然而社會學家鮮少處理這種絕對狀態——在一個範疇裡每個人（或者沒有人）擁有某種特徵的例子。實際上，社會學家處理的是傾向性。

區位謬誤的某一種版本，在社會學家從平均值的角度來報告一個範疇的傾向時也會出現。我們就說（1）某社區的平均家庭所得是六萬美元，而且（2）提姆住在那個社區。知道這兩個事實，無法讓我們對提姆家的所得做出任何結論——可能比較高、比較低、或者剛好跟平均相同。

雖然這些例子可能乍看很明顯，但當人在檢視某些範疇之內的兩種傾向模式時，更容易落入區位謬誤。請回憶一下，二〇一七年，麻州的大學畢業生百分比最高，西維吉尼亞州的百分比最低。現在假設我們檢視另一個變數——比如說，仇恨犯罪通報。在二〇一七年，麻州通報有四百二十七件仇恨犯罪，西維吉尼亞州則通報有三十一件[3]。因為仇恨犯罪的統計數字是出了名的不精確，ＦＢＩ並沒有以這些報告為基礎來計算犯罪率——但如果他們有這麼做，會得出麻州每十萬人有六．四件，相較之下西維吉尼亞州只有一．九件。所以我們可以看出麻州既有較多的大學畢業生，也有較多被通報的仇恨犯罪，同時西維吉尼亞州兩樣都比較少。

區位謬誤會在哪裡出現？想像一下，某人看著我們的資料然後說道：「哇——愈多大學畢業生，愈多仇恨犯罪。大學畢業生肯定是那些犯下仇恨犯罪的人。」換句話說，我們再度用關於某些範疇的資料（大學畢業生百分比、通報的仇恨犯罪數量），來做出關於那些範疇中個體的結論（那些仇恨犯罪一定是大學畢業生犯下的）。

很容易看出為什麼這是個錯誤的結論。仇恨犯罪法律的執行程度，在不同的州與不同轄區有巨大的差異。不同的州對仇恨犯罪有不同定義，而各個執法單位有多強力執行這些條文，程度各異。舉例來說，在二〇一七年，有七個州——阿拉巴馬、阿拉斯加、阿肯薩斯、密西西比、內華達、新墨西哥與懷厄明州——通報的仇恨犯罪都少於十件。普遍來說，更自由派的州傾向於有更廣泛的仇恨犯罪法律，而在比較自由派的轄區裡，檢察官通常更願意用仇恨犯罪來控告個人。麻州既有高教育程度的人口，又有自由派的政府；該州的仇恨犯罪高通報率，可能透露得比較多的是在該州的政治氣氛下，仇恨犯罪法律會被執行，而不是該州的實際仇恨犯罪率。

區位謬誤可能很有誘惑性，尤其是在它的推論看似支持分析者本來就傾向於相信的某個結論時。乍看之下，這套邏輯似乎很合理，而且有些名聲卓著的早期

（也就是說在二戰前的）社會學家在這個問題廣為人知以前，就落入這種錯誤之中。每當我們設法用關於某些範疇的資料來解釋個體行為的時候，這仍然是要小心的事情。

社會學解釋的限度

在典型狀況下，社會學家指認出來的傾向並不是特別強有力——他們研究的變數，可能鮮少被當成就是某個結果的起因。舉例來說，我們知道跟父母同住在一個屋簷下、度過童年與青少年時期的人，比起在其他種類家庭裡成長的人更有可能完成大學學業，是一種傾向。但這會有很多例外：在雙親俱全家庭中成長卻輟學的人；在單親家庭成長、在學校表現優異的人；還有其他諸如此類的狀況。

通常社會學家用統計資料，來展現他們指認出的傾向性有多大力量。例如，他們可能提供經過解釋的變化測量值——基本上就是：只要知道研究所指出的傾向性，就能解釋結果差異的比例有多高。舉例來說，在只知道家庭的種類傾向於影響教育成就的狀況下，個人完成大學學業的機率有多少百分比可以用這一點來解釋？這裡也一樣，擁有可以報告為統計上顯著的結果，並不必然表示這些被報告出來的傾向性，對過這種生活的人來說特別醒目可見。社會學家的結果只解釋了這種變化的百分之十，這種狀況並不算少見。

這裡的危險性，在於研究者可能誇大了他們的發現重要性——在這個例子裡，就是隨口宣布他們已經確立了家庭狀況是教育成功的原因。這樣大膽的語言模糊了事實：再強調一次，社會學家描述的是傾向性。

思考傾向性

從傾向性或者機率的角度來思考，同時是很強有力也很讓人挫折的推論方式。這種思路的力量，來自於有能力分辨並描述乍看可能不明顯的歷程——像是領悟到就算某些吸菸者並沒有病倒，吸菸實質上還是增加了健康風險。但領悟到社會學家鮮少能夠說某件事**就是**某個結果的原因，會帶來挫折感。這就是為什麼探究中介變數的影響，對於社會學推論來說有如此核心的重要性。

批判思考重點整理

- 社會學家在比較不同範疇的人時，辨識出傾向性。
- 知道某範疇裡的一種傾向性，並不足以得出關於該範疇內個別成員的結論。

CHAPTER

12

證據
Evidence

研究者的選擇，影響延伸到遠超過測量方式與比較的範圍之外。一旦研究者收集並且分析過證據以後——從迅速清點一個班的男女學生人數，到評量在某急診室觀察多年的田野筆記都有可能——就必須呈現成果了。這可以是很簡單又直接的事情，大致上不脫這個路線：「朝教室裡看的時候，我數到X個男性和Y個女性學生。」然而大多數研究遠比這更複雜得多。首先，研究通常牽涉到收集比將來會報告的數量還要多的資料。民調人員知道，進行調查的大多數費用都是花在找到並接觸回應者。所以，對樣本群體只問一個問題是很昂貴的；但多問另一個問題、甚或好幾個問題（一直加到問題太多變得很煩人、讓回應者開始提早結束訪問為止），會增加的花費極少。舉例來說，大多數民調人員可能從背景特徵開始，像是回應者的性別、年齡與種族，然後他們可能會接著問其他實質性的問題，像是上次選舉時他們是否投過票，還有下次選舉時他們是否打算投票。收集任何你認為可能有用的資料是很重要的；如果你後來才想到你恨不得自己曾經問過的問題，就太遲了。

一旦你收集到所有這些結果，你就必須決定要回報哪些事。如果調查的目的，是決定可能投票者在即將來臨的選舉中偏愛候選人瓊斯還是史密斯，你當然可以只回報那個訊息。但只要有更多可以提供的訊息，你可能就會決定加以利用。假定在檢視結果以後，你領悟到女性投票者和較年輕的投票者更可能偏愛瓊斯，而史密斯在年紀較長的男性之中有比較高的支持度。你可能會覺得這值得回報。

如果研究資料採取的形式，是可能總共長達數百頁的詳盡田野筆記、或者訪談謄錄，做選擇的需求就變得更加明顯了。許多質性研究者用特殊軟體來耙梳他們的資料，並且幫助他們指出主題與模式。但在某一刻，研究者將會被迫以他／她希望提出的某個特定論證為基礎，決定哪個證據看似相關，值得寫下來。

有效證據

有效證據以其他人覺得很有說服力的方式，支持研究者的論證。在社會學中，這樣的論證通常指出人如何彼此影響的某種模式，而他們可能會把焦點放在特定議題上，像是牽涉到哪些人，或者發生了哪些結果。證據扮演的角色是說服讀者，研究者的論證是正確的。有好幾種特質讓證據有效力。

切中要點

在最佳狀況下，證據直接講到研究者的主張：「我知道——因為我數過——那個班級裡的男性跟女性人數，資料在這裡。」這對於研究者設法回答的問題來說，是個直接的答案。

不幸的是，大多數研究談的是更複雜的主題。一位研究者的問題可能有幾分抽象，像是某種特定習慣做法——警方逮捕程序、標準化測驗等等——是否有歧視性質。這可能沒有表面上看來那樣直截了當。為了決定某種習慣做法是否有歧視性，我們有必要定義歧視，並且描述這要如何測量。請回憶我們在第九章裡對測量所做的討論。有效證據應該直接處理被研究的議題，而使用的測量方法必須清楚而切中要點。

多種測量

普遍來說，更多的證據比更少來得好。因為測量方法的選擇總是能夠被質疑，如果包含顯示出一致結果的其他測量，證據會比較有說服力。調查研究者通常會在相關的主題上，提出好幾個稍有不同的問題。如果對這些問題的答案揭露出類似的模式，證據就會更有力。舉例來說，來考量一個詢問了多種環境議題的調查；如果較年輕的回應者對於不同問題的答案，顯示出的關注程度一致高於較年長者的回應，做結論說對環保的關注程度與年齡相關，並不算是不合理的。

多種案例

另一種產出更多證據的方式，是研究多種案例。這是複製研究背後的基本觀念：我們在做研究的時候發現某件有趣的事情，我們就重複這個研究，以便確定我們得到的是相同的結果。

在社會學研究裡，通常會把多個案例置入一項研究之中，當成一種比較手段。也就是說，研究人員會比較來自兩個或更多學校、城市、時期或團體的結果。當這些比較跨越相比的不同範疇，得出相同結果的時候，會強化這些發現；而在結果顯示有所不同的時候，解釋這些結果，也許能夠釐清其中的運作過程。

與理論或其他發現一致

如果證據看似支持廣泛被接受的理論、或先前的研究發現，就會被認為較強而有力。雖然如此，科學史上有各種觀念起初碰上抵抗，主要是因為它們抵觸廣泛被接受的熟悉理論；有兩個相對來說晚近的例子，是地球的各大陸一度屬於單一陸塊、然後逐漸分離的觀念，還有恐龍的絕滅原因是隕石撞擊地球。這兩種提議本來都讓許多科學家覺得很古怪，但隨著時間過去，來自不同研究的發現都證實跟新理論一致，它們在科學上就得到了尊重。換句話說，雖然跟既有理論一致的證據通常會立刻被接受，在證據似乎指向某個預期外結論的時候，隨著其他研究證實了這項概念，對新觀念的支持可能就會隨著時間而浮現。

讓人信服

有效的證據產生有說服力的強烈印象。也許這個研究看似設計成已經預期到所有明顯的批評，因此迴避了熟悉的陷阱；或許研究主題特別有趣，引起大家可能不曾想過的問題，或者研究某主題的方式看起來特別聰明；或者有可能被提出的證據極其徹底，以至於加以質疑似乎沒有意義。因為類似這些理由，某個研究產生了不成比例的巨大衝擊。

沒這麼有效的證據

然而，在跟前述各種標準相反的狀況下，證據有可能比較沒效果。

間接

有效證據切中要點，因為它直接而徹底地處理研究中的問題，然而無效證據提供的只有不完美的支持。有時候唯一能提供的證據是間接的。例如，尋求研究犯罪率如何在數百年間改變的社會史家必須面對這個問題：現代警力是在十九世紀才興起的，而現代犯罪率——就像FBI的統一犯罪報告——是到了二十世紀才開始計算的。因此，並沒有稍早的犯罪紀錄，跟我們現在用來計算犯罪率的資料是同等級的。雖然有可能找出某些上溯到十三世紀的法庭紀錄，這些紀錄卻會引起各種其他問題：首先，有許多紀錄並沒有保存下來，但真正的大問題是大多數犯罪從來沒有導致會留下紀錄的審判。有一種解決方案，是把焦點放在謀殺案上——謀殺案通常確實會導致審判，而且會留下紀錄[1]。因此，犯罪史家到頭來（出於必要）假定，（根據不完美的紀錄計算出的）謀殺率波動，跟整體犯罪率有平行變化。

這樣的妥協通常是免不了的。用可以取得的證據，直接處理這種讓我們感興趣的問題或許是不可能的。在我們恨不得能擁有的資料就是不可能得到，卻還是設法要跟過去做出比較的時候，這一點幾乎永遠為真。不過在資料很難取得的時候，就像被研究者不願意揭露我們真的很想知道的事情時，也需要妥協。

單一測量

有多種測量值，可以讓一位研究者的論證更有說服力，但話說回來，不見得總是有多種測量值可用。或許針對某個主題的單一調查問題回應，顯示出一個預期之外的有趣結果。事後回顧，研究者可能很希望曾經對這個主題問出其他附加問題，但現在當然為時已晚。單一測量的結果可能有暗示性，但直到有進一步研究支持一項發現以前，大家可能不太願意接受。

單一案例

來自單一案例的證據，通常被認為效力沒那麼強。舉例來說，以一個社區的觀察為基礎所做的研究，免不了會引起疑問：或許這些發現只適用於那個社區，無法普遍化。研究者可能在社區內記錄多個例子以便強化論證，但比較強的支持，要仰賴其他研究者最後回報在其他地方有相似發現。證據多一點總是比少一點來得好。

與理論或方法不一致

如同前面提過的，看似只此一家、缺乏理論或其他研究支持的發現，通常要面對懷疑。到最後，這些發現可能會被證明是正確的，但只有在多上許多的支持證據浮現時才是如此。再者，當代的研究文獻量很大，每週都會出現許多新的報告。沒有人能期望跟上所有的發展。大多數人因此滿足於設法或多或少知道自己陣營裡發生什麼事，不過這表示他們常常渾然不覺其他陣營裡發生什麼事。可能與他們相關、卻出現在不同陣營期刊裡的研究，或許就無法得到應有的影響力。與此相關的是，因為引述是向潛在讀者示意的一種方式，是用來表明某論文和他們關注的事情相關，沒能引述另一陣營成員作品的研究報告，可能永遠不會得到該陣營的注意。

給人印象不深

在一個有大量新研究持續出現的世界裡，大多數研究吸引不到太多注意。沒有社會學家能夠期望跟上每一本新書，更別說是每份期刊裡刊載的每篇文章了。所以，有很多東西會半途消失。大家可能會忽略看起來走向可以預測、沒意思或者跟他們的興趣不相關的研究。一位社會學家頂多能夠設法持續追蹤的只有少數幾本期刊，然後就只能看一眼目次頁了。某一篇文章可能很輕易就被忽略掉，所以就算做得很好的研究，到頭來沒讓人留下多少印象。

質疑證據選擇

就像他們在測量與比較上的選擇，研究者處理證據時所做的選擇，也可能變成批評的目標。在大多數例子裡，我們預設研究人員會誠實回報他們發現什麼。

然而偶爾會出現醜聞，這時候會有人質疑證據，也許指控某人引用不存在的來源，或者錯誤地呈現某個來源說的話、算錯某個統計數字，或者剽竊了別人的作品。這樣的挑戰通常措辭很小心，而該作品的作者會得到回應的機會。無法自圓其說的作者，通常會發現他們的學術名聲毀滅殆盡[2]。

幸運的是，醜聞很罕見。不過質疑證據選擇，可能還是社會學中的批判思考最常見的形式。總是有可能質疑一個作者在處理證據時做的選擇。對量化研究作品的批評，通常把焦點放在證明不同的選擇——例如使用不同的統計方法，或者在分析中併入附加的變數——如何可能導致不同的詮釋。有時候批評者要求直接接觸研究資料（通常是電子檔案的形式），好讓他們可以進行自己的分析。在其他狀況下，原本的研究者自願在線上提供他們的資料，並且邀請其他人進行自己的檢視——藉此聲明他們對自己的發現很有信心。

對質性研究的批評通常也把焦點放在證據上。在大多數例子裡，複製就是不可能，就算有可能，從所需的時間與金錢來看，也是昂貴到做不得。無論如何，原本的研究者總是可以辯稱，他們精確地總結了他們觀察到的事物。不過批評者可以論證說，研究者誤解了他們觀察到的事情，或許這是因為他們預期發現的事情，形塑了他們的詮釋。

另一條批評路線關乎倫理。舉例來說，社會學家對於欺騙自己的研究對象——例如刻意歪曲他們參與的實驗主題——是否合乎倫理，有不同意見。社會學家通常努力偽裝他們的研究背景，例如他們會重新命名他們的研究地點（像是印第安納州的蒙西，變成了「中鎮（Middletown）」，或者麻州的紐貝里波特變成「洋基城（Yankee City）」），並且給研究中的人假名。但我們還是聽說過，某些研究對象抱怨他們被描繪出特徵的方式。而有些人擔心，某些研究對象參與一項研究計畫後可能受到傷害，甚至精神受創。這導致美國社會學協會與其他專業機構，為他們的成員設計了倫理規章，就像是各大專院校會要求研究者提出研究計畫，取得校園人體試驗委員會的許可。

關於研究的問題

說到底，沒有一個研究是完美或者決定性的。每個研究者都被迫做出選擇：選擇他們想要研究什麼（有時候稱為研究問題）；選擇他們會測量什麼，還有他們會如何進行測量；還有選擇他們會怎麼樣呈現並且詮釋他們產出的證據。大多數研究者很清楚他們做的選擇是有後果的，而許多研究論文的結論，是呼籲以略有不同的選擇為基礎，做更進一步的研究，為呈現出來的發現提供支持。

毫無疑問，絕大多數社會科學研究者還是誠實回報他們的結果。研究結果被證實為假、或者經過編造的事例，讓人難以置信的稀少，而回報剽竊的例子也相當少見。那些被發現的罕見事例，通常導致被大肆報導的醜聞，相關的新聞可能傳播到遠超過學術界之外。但不誠實只是質疑研究的理由之一——而且相對來說並不常見。

每個研究者都必須做選擇，而至少其中某些選擇可能影響了研究結果。所以評論者總是有可能指出，如果用不同的方式闡述研究問題、對於變數選擇使用別的定義或測量方式、或者分析時聚焦在不同的證據上，結果可能就會有所不同。講理的人總是有可能提出異議、提出問題、並且開啟對話。

這樣的對話可以激勵人更深入思考研究，並且設計其他能幫助解決批評者所提疑問的研究計畫。

批判思考重點整理

- 呈現證據免不了要做選擇。
- 證據的說服力可能有多有少，而所有證據都是被挑戰的潛在對象。

CHAPTER

13

同溫層
Echo Chambers

第二章提出了這個論點：批判思考的最大挑戰，在於精確評量我們自己的想法。這很合理。我們很容易批評我們不同意的論點——畢竟要是我們視之為錯誤，我們就肯定有些理由要那樣想，而且我們應該能夠解釋這些理由。可是要批評我們同意且相信正確的觀點，就困難得多。在我們確信一個觀念有效的時候，我們不太可能那麼批判性地看待它，而且我們也許會對批評它的努力心存疑慮。對自己的思維沒那麼有批判性的傾向，會對社會科學研究產生真正的後果。

承認並且處理自己的偏見

研究者長期以來都承認，科學家對自己的觀念批判性不夠是有危險的。比方說，發現一種新藥的某人自然希望這種藥有助於病患；就連不是研發出這種藥，卻被選中可以在患者身上測試新藥的醫師，都有可能抱著希望看待這個創新之舉；至於那些病患，當然希望這種藥能幫助他們。可是新藥有效嗎？面對新藥，投入其中（對此有高度期待）的人，通常會正面詮釋試驗性治療的結果，回報說新藥奏效了。然而，如果你引進一種安慰劑——一種不包含任何活性成分，所以不可能有任何效果的藥丸——卻告訴醫師與病患說其中包含一種有希望的新藥，他們常常會回報說，這種新療法確實有幫助[1]。他們的希望引導著他們想像這種治療是有效的。

研究者的期待也可能扭曲社會科學研究發現。想像一個心理學實驗，在其中研究者讓老鼠跑迷宮，以便測試比較聰明的老鼠會更快走完迷宮的假說。他們使用兩組老鼠：第一組老鼠被描述成普通而年長的老鼠，而且他們得知，第二組包括因為智商較高而被特別挑來育種的老鼠——牠們是真正聰明的老鼠生下的後代。結果並不令人意外：這些刻意培育出來的聰明老鼠，到頭來比牠們的平凡老鼠競爭者更快破解謎宮。這裡只有一個問題：兩組老鼠其實是從基因相同的老鼠群裡選出來的；說其中一組是因為牠們跑迷宮的智商而被培育出來，並不是真的。兩組老鼠應該要在相同時間裡跑完迷宮，可是據稱比較聰明、研究人員預期會表現較佳的那一組，實際上表現優於據說很普通的老鼠。

這就是所謂**實驗者效應**（experimenter effect）的一個例子[2]。實驗者期待某個特定結果，然後得到跟這些期待相符的結果。這是怎麼發生的？可能有很多原因。舉例來說，假定兩隻老鼠同樣接近迷宮末端，就在終點邊緣；實驗者或許更有可能判斷，那隻據說比較聰明的老鼠剛好靠得夠近——如果你想，可以說是一鬚之差——可以算是領先完成迷宮，而那隻據說較笨的老鼠則被判斷為幾乎抵達，卻還沒完成。知道你應該發現什麼，可能影響你確實發現什麼。

很重要的是，要體會到這並不表示有任何人必然做出了詐欺之舉，或者刻意偽造了他們的報告。關於研究造假的醜聞確實會上頭條，但這種事很罕見[3]。

大多數研究者無疑自認為是在憑良心做事。但期待找到特定結果，讓人很容易做出跟這些期待一致的判斷。安慰劑與據說較聰明的老鼠的實驗，是被設計成透過操縱研究對象的期待——在這些例子裡，是醫師與病患，或者讓老鼠跑迷宮的人——來指出實驗者效應，同時讓其他一切維持不變。在此，安慰劑或者據稱較聰明的老鼠，沒有理由應該表現得比較好——除非受試者的期待形塑了結果。

不可否認的是，人會把期待帶進各種真實世界情境中，很可能有影響自身生活的後果。可能最戲劇性的實驗者效應研究，對象是教室裡的教師。首先，研究者對一群小學生做了智力測驗。他們接著隨機選擇大約五分之一的學生，告訴他們的老師說，這些學生的表現指出他們很可能「在知性上即將成熟」，會在下一年裡表現突飛猛進[4]。結果——你們可以看出會發生什麼事——就是預測中會出現進步的那組人確實進步了，程度超過沒有得到正面期待的那些導師所指導的學生。請注意，這項研究被設計成避免傷害到任何人：在實驗者效應的影響程度方面，這個研究的做法是藉著鼓勵教師對學生有更加正面的想法，來幫助某些學生。但這仍然是個令人困擾的發現。試想一下，被人帶進每一種社交情境裡的所有期待——對於其他人的假設與刻板印象，包括別人對你的想法。那些期待會有什麼效果？

研究者的期待塑造出他們會有何發現的傾向，對於所有科學分支都是嚴重的問題，而且經過良好設計的研究計畫會試著避免實驗者效應。醫學研究者很久以前就發現，嘗試某種前景看好神奇新藥的醫師，要是他們知道是哪些病人在接受這種前景看好的療法，通常就會發現新藥事實上表現超過既有的療法。同樣也為真的是，知道自己在接受有希望新藥物的病患，會體驗到健康狀況進步。這就是為什麼最好的臨床藥物測試是**雙盲試驗**——也就是說，不論是病患還是進行治療的醫學專業人士，都不知道某位病人接受的是實驗性藥物，還是屬於控制組。

期待與社會學家

研究人員的期待能影響他們有何發現的可能性，再度提醒我們，批判思考最大的挑戰是質疑我們已經相信的那些想法。所有科學家——但社會科學家尤其如此——都需要小心判斷他們自己的主張，標準至少要像他們對付自己不同意的主張那樣嚴格。

大多數社會學研究並不涉及正式實驗，這意謂著社會學家在常態下不可能仰賴雙盲研究條件，來孕育更精確的發現。如同我們已經看到的，社會學研究的典型狀況，是從研究者對於某個社會歷程或背景環境的興趣開始。相當常見的是，這種興趣根植於自傳：一個探究者可能體驗或者觀察到某件他們發現很有趣的事情，他們自認為可能對此有個社會學解釋——所以他們設計了一個研究。當然，在研究結果被報導以後，這個自傳性的故事傾向於被淡化處理，甚至消失於無形。研究報告反而用上淡定的語言，並且藉著一個可以透過細膩科學探究處理的理論性問題，替整個作品賦予框架。

這是無可避免的。如同我們已經看到的，社會學家是局內人——既是在社會學這個學科之內（這裡讓他們意識到其他社會學家可能會覺得什麼事情有趣），也是在整體而言的社會之內（其中包括特殊的團體與背景，這影響了他們可能認為什麼事情值得研究）。他們的局內人地位，常常讓他們對自己揭露的事情有共存共榮之心：他們會偏好他們的結果揭露出他們預期發現的事，這既是因為一個人的假說得到確認總是感覺很好，也是因為他們覺得這應該是正確的結果。但所有這一切，都意謂著社會學家鮮少在沒有期待的狀況下展開一個研究計畫。在大多數例子裡，他們對於他們想要發現的事情有個想法，也意識到為何這些結果可能很有價值。在這樣的情況下，研究者需要特別步步為營，總是覺察到他們的期待或許有可能扭曲他們的發現。他們必須盡他們所能，去確保他們的發現是精確的。批判思考就是關鍵。

意識形態同質性的複雜之處

這一切因為政治意識形態而變得複雜起來。我們已經提到，當代社會學家相對來說有政治上的同質性。也就是說，絕大多數社會學家把自己定位在光譜的自由派／進步派／激進派左側；相對來說，極少人自認為是保守派。這種意見上的相對一致性本身，就形塑了社會學家的期待。這樣也有別的後果，首先就是朝向通俗劇發展的傾向。

通俗劇

在劇院裡，老派通俗劇有圍繞著單一面向人物打轉的簡化情節，這些人物占據著標準化、套公式的角色——捻著鬍鬚的壞心惡棍，威脅要傷害純潔無力的女主角，她會在最後一刻被大無畏的英雄拯救。這可以造就出取悅群眾的娛樂；觀眾對惡棍報以噓聲，大喊大叫警告女主角，然後為英雄歡呼。相對來說，大多數現代戲劇與電影的情節更複雜得多，牽涉到發展更完滿的人物。從伊底帕斯到蜘蛛人，英雄並不單純是好的，他們有缺陷，而惡棍有著超過只是本性邪惡的動機。衝突有更多細膩曲折之處，而且複雜的情節鼓勵觀眾更深思熟慮的反應，所以在戲劇結束以後，觀眾還可以繼續思索這些人物做出的選擇。

通俗劇的種種面向，可以幫助我們考量社會學批判思考的某些面向。首先，這裡有通俗劇的簡化情節與角色。雖然社會學理論更複雜些，它們還是常常是圍繞著核心機制或者社會歷程而建立的。因此，理性選擇理論強調經過計算的決定在社會生活中扮演的角色，衝突理論則強調菁英如何透過種種形式的宰制維持控制。以同樣的方式，圍繞著這種理論觀點而建立的社會學陣營，強調文化或社會結構以特定觀點形塑社會生活的方式（通常做法有傷害性）。等同於惡棍角色的東西，可以被指派給某些結構或者歷程，像是父權、宰制、色盲種族主義、或者新自由主義。因為同一陣營內的每個人傾向於共享相同的理論假設，這樣的宣言鮮少有人爭辯。共同的期待不鼓勵同陣營的人對彼此的論證做出尖銳的批評。

所以，陣營有同溫層的作用，陣營中人們彼此意見相同，並且對意見一致感到沾沾自喜，就像通俗劇的觀眾用噓聲與歡呼來強化行動。這個環境讓人很難對自己的觀點做批判思考，因為他們一直維持跟他們一鼻孔出氣的同事強化過的那些觀點。

社會學的意識形態同質性，讓這個狀況更是變本加厲。以特定理論傾向為中心而組織起來的陣營，通常共享的不只是一組概念，還有一種可能強化理論的整體政治觀點。因此這些陣營的成員，在大體上意見一致的狀態下，再度肯定了彼此思維的根本正確性。這一點也阻撓了對自身觀念的批判檢視。這是知性版的團體迷思（groupthink）[5]。

這並不表示所有社會學家都跟著相同的節拍起舞。敵對陣營的成員通常會辯論並且意見不同，雖然比起不感興趣與不去注意，公開衝突可能是比較少見的。對於社會學缺乏一個核心的抱怨，反映了這些發散的興趣。社會學文章最受推崇的發表地，長期以來都是該學科的兩份主要期刊，《美國社會學評論》（*American Sociological Review*）與《美國社會學期刊》（*American Journal of Sociology*）；數十年來，平均來說它們的文章引用率，遠遠超過其他社會學期刊上的文章（這指出它們已經影響了其他社會學家的思維）。一個人可能會預設，社會學要是有個核心，這個核心就反映在這些期刊裡。大多數發表在這些期刊裡的作品，標榜的是成熟複雜到絕大多數社會學家可能無法完全理解的統計分析。這麼尖端高檔的社會學比較不像個核心，而是又一個陣營。出現在這些期刊裡的作品，可能看似跟這個學科許多陣營裡的成員無關。一旦完成了研究所訓練，身為某些陣營裡的成員，一位社會學家很有可能從此再也不讀該學科主要期刊裡的另一篇文章，反而轉向他們陣營裡更專門的期刊，所以出現在該學科頂尖期刊裡的作品，就對許多陣營的思維沒什麼影響了。與此同時，至少某些社會學家可能會發現，他們很想沉浸在自己陣營的理論通俗劇裡，享受他們每個人都意見一致的舒適狀態。

可預測性

社會學的意識形態同質性環境，造成的第二個影響就是讓這門學科的路線變得狹窄，導致可預測性。雖然在所有社會科學學門裡，自由派數量都多過保守派，經濟學、政治科學與史學全都有夠分量的保守少數派，創造出一種容許更多內部辯論的氛圍。舉例來說，在一個經濟學家對某項提議中的公共政策提出意見時，我們無法事先知道他們可能發言支持或反對。這是因為在經濟學家意見不同的時候，不盡然是因為經濟原則，而比較是關乎政府應該介入穩定經濟到什麼程度；比較自由派的經濟學家，通常比他們更保守的同事支持政府扮演更積極的角色。與之形成對比的是，社會學家在政治與價值觀方面的深刻區隔相對來說極少。這種較大的意識形態同質性，讓人比較容易預測任何一位特定社會學家的立場。舉例來說，如同我們在第七章看到的，典型狀況下，結構隊否定文化隊的看法，把不平等與不正義——還有普遍而言的社會問題——怪到失衡的社會結構上。聚焦於文化變數的批評——一度很常見——已經變得相當罕見了。

然而這種可預測性，意謂著社會學有變得無聊的風險。請回想我們先前對於社會學家傾向於悲觀主義的討論。進步的證據被排除掉；的確，指出進步的證據會被看成是危險的，因為這樣可能培養出自滿之情，而不是促進社會變遷的決心。評論公共議題的社會學家，通常看起來像在詬罵現狀。

話雖如此，社會學的特色確實就在於學科內部的歧異，特別是在敵對陣營之間，他們可能貶低彼此的理論模型或方法論偏好，對於其他陣營實質焦點所在的主題，可能沒什麼興趣。偶爾，敵手會因為身為政治保守派而被忽視不理，這再度揭露了社會學之內的意識形態同質性。某些這類批評裡，有種自以為大義凜然的腔調。舉例來說，結構隊的成員把文化隊的分析一筆勾消，當成某種形式的責怪受害者，並且暗示把焦點放在文化上的學者，對社會不正義有某些責任。

我們可能會很納悶，為人父母的結構隊社會學家要如何把他們在專業上強調的事情，轉譯成家長教養的實際做法。我們可能會懷疑，大多數這樣的父母也投入其他高教育程度、中產階級上層父母會做的那種密集家長教養[6]。也就是說，他們可能鼓勵他們的孩子為了本週的拼字測驗用功，並且告訴他們拿到好成績很重要，因為好成績會幫助他們進入好大學，而大學教育接著就會導向好工作與穩固的未來。他們可能不會做的是向他們的孩子保證，那個拼字測驗幾乎不重要，因為他們生在一個有特權的社會階級，他們的未來很保險。如果社會結構有那麼牢不可破，為什麼要強調在學校表現成功的重要性？

社會學宣言的可預測性就是這樣。而可預測性是要付出代價的。雖然對社會學界之內的成員來說，不同陣營之間的差異可能看起來很重要，社會學的意識形態同質性，卻讓這門學科之外的人幾乎看不到這些差異。社會學家反而被看成是採取了可預測的自由派立場。而這種可預測性，讓社會學似乎很無聊，也讓人很容易忽略社會學家所說的話。

自我批評的重要性

正因為我們知道研究人員的期待可能扭曲他們的發現，對社會學家來說，對自己的作品進行批判思考，設法確保他們沒有因為自己的期待而無意中形塑了結果，是很重要的。理想上，研究者的同事——社會學家的學者社群——會藉著質疑他們的作品來幫助他們；在發表出版之路上，則會有編輯跟同儕審查員出現，這些把關者的工作是提供這樣的批評。然而當代社會學組織成不同的陣營，還有這個學科的意識形態同質性，意謂著編輯與同儕審查員通常同情作者的假設與路線。雖然沒有任何人事物阻止這些行動者認真看待他們的批判責任，卻很容易懷疑這些安排可能付諸流水。

近年來有過一些醜聞，參與者把基本上是鬼扯的文章，投到社會科學與人文學界的期刊去[7]。其中某些論文被接受並且出版了，在這時惡作劇的人才喜孜孜地揭露他們的淘氣行為，讓讚許這些無意義作品的人尷尬不已。這樣的例子指出，批判嚴格性還有改善空間。

批判思考重點整理

- 研究人員的期待可能影響他們的發現。
- 期待對社會學家造成特別的挑戰，因為他們的閱聽眾傾向於在知性上與意識形態上有同質性。

CHAPTER

14

困難的主題
Tough Topics

到現在應該很顯而易見了，每個社會科學論證都可以成為批判思考的對象——而且可能會因此獲益。在社會學與相關學科裡，論證傾向於出現在已出版的研究報告裡，而所有研究都牽涉到做出選擇，包括測量上的選擇、比較上的選擇，還有證據的選擇。在所有這些例子裡，批評家最好還是問問研究者的選擇是否可能形塑或者扭曲研究發現，以至於講理的人應該懷疑這些結果。

這樣的問題完全正當。雖然我們有時候講得好像科學進展是穩定、平順又無可避免的，真相卻更雜亂些。進展是斷斷續續的。在每種科學之中，一度被視為

CHAPTER 14——困難的主題
Tough Topics

理所當然的知識都曾被推翻過，通常是在受到更強證據支持的新觀念浮現時。批判思考在這個過程裡扮演極其重要的角色；藉著挑戰公認的智慧，它幫忙引導各個學科更深入理解它們的主題。這樣的批評幫助科學家拒斥某些觀念，因為它們有錯誤或誤導性、在知性上死路一條，同時也鼓勵更有希望的其他思考路線。

那些到最後被棄置的觀念有它們的鼓吹者，這些人相信這些觀念、而且產出似乎支持它們的研究發現。我們就花一點點時間，來想想那些抗拒新觀念，在現代人記憶中被認為緊抓著錯誤不放的人。但我們也要承認，抗拒新穎思想與改變並不總是錯的。雖然我們記得在傳統智慧被顛覆時的戲劇性插曲，也有許多新觀念到頭來沒成功——這些觀念可能曾經短暫地風靡一時，到頭來卻消失了。換句話說，在任何時刻，改變與維持現狀都各有鼓吹者，而這些立場中的每一個，可能到最後都會贏得其中一些辯論。隨著時間過去，證據應該會決定哪些觀念將持續下去，哪些又會消逝。

這個描述是很安慰人心，因為它指出真相會勝出（形式是提出較優越的證據）。我們跟稍早的辯論拉出了一段距離，以後見之明這樣看事情是很容易。近在咫尺的時候，情緒就會高漲。因為人會投入他們的立場，批判思考就變得極端重要——在批判思考質疑的是廣受支持的觀念時，尤其如此。

這些過程攪亂了當代社會學。在一個意識形態同質性相當高的學科裡，一致意見可能廣泛到不鼓勵質疑共識。

文化浪潮

文化與社會結構會改變。更上層樓的通訊快速散播觀念，新科技改變社會安排，長期的預設則被顛覆。很容易就把許多這樣的改變看成是正面的。從全球性的層次來看，有更多人生活在民主國家，識字率普及，生育率下降，預期壽命則提升了。在美國，我們可以指出生活水準改善，還有女性、族裔與性別少數的權利得到擴張。這些發展影響了為數極多的人（雖然從來不是人人都平均分配到，或者一次到位），而雖然這些變化可能起初遭到抗拒，到最後卻得到基礎相當廣大的支持，而且廣泛被視為進步的證據。

我們可以把這些變化想成是發生在得到普遍接納的廣泛文化浪潮裡。相對晚近的例子是網路：雖然可能有人會抱怨網路的某些面向，絕大多數人仰賴它；它迅速地從一種新鮮玩意，變成非但被視為理所當然，還被當成我們生活中的一項基本特色。網路被接納了，而這似乎不太可能改變——至少直到某種更優越的通訊系統出現為止。

其他發展影響了社會比較狹窄的範圍——像是社會學家。新概念、理論觀點還有方法論技巧持續出現。其中某一些得到支持，並且在這個學科裡相對來說流傳很廣，或者至少在個別陣營裡散播。在許多例子裡，這些變化是某個學科專有的，在社會學之外無關緊要（至少起初如此）。但同樣也成立的是，在較大社會中的改變可以激發社會學內的平行發展。舉例來說，一九七〇年代早期對女性議題重新興起的興趣（當時被稱為女性解放運動），導引社會學家更緊密地聚焦於當時所謂的性別角色（sex roles），這個說法很快就被重新命名為性別（gender）。

這樣的發展可以在社會學之內滋生出大量的興趣與熱忱。新鮮的觀念通常有許多蘊含；一旦社會學家採納了新的觀點，他們就會看出或許能被探索、導向種種新研究的有趣主題。在某些例子裡——好比說，某種成熟複雜統計技術的引進——衝擊可能有限；在單一陣營之外，鮮少有人會注意到發生什麼事。可是在較大社會中的變化觸及社會學的時候，影響可能非常廣大。因此，在較大社會裡對女性議題產生的新關注，影響了整個學科裡的社會學家——雖然數十年來女性議題曾經被區隔到家庭社會學之內，研究形式組織的人現在卻發現，他們在思索婦女在這些組織中的地位，研究偏差的社會學家則開始專注於女性做為偏差者、還有偏差者受害人的經驗，凡此種種，到最後實質上透過性別透鏡看待任何議題、並且批評其他社會學家的分析沒能併入性別因素，很快就變成稀鬆平常之舉。

社會學家的意識形態同質性，還可能加強這種文化思潮的衝擊力。民權運動、女權運動、還有男女同志權利運動，都在政治自由派之間找到他們最大的支持。不讓人意外的是，他們也在個人同情這些運動的社會學家之中，得到強勁而廣泛的支持。

有影響力的文化浪潮變得理所當然；似乎難以想像社會可能逆轉，回到現在被視為老舊過時而錯誤的習慣做法。（在講述人在崩潰文明遺跡中掙扎的所有末日後或者反烏托邦故事裡，探索了我們對於這種可能性的種種焦慮。）文化浪潮創造出關於事情應該如何、還有將會如何運作的新預設。它們在整個社會中——還有整個社會學裡——反射迴響。

好人與壞人

在社會學中，近期的文化浪潮——尤其是為各種範疇的弱勢群體爭取權利的運動——有著深遠的影響。社會階層化（social stratification）一直都是核心的社會學關懷，但逐漸地社會結構——階級、地位、種族與性別的社會關係——被理解為反應了權力上的差異。讓人想起赤裸權力的詞彙，像是菁英、剝削與宰制，在社會學文獻裡更加常見。許多社會學家理所當然地認為，他們的同情應該放在比較沒有權力的人、被他人權力所傷害的人身上。

這種變化已經引導許多社會學家專注於受害性（victimization）與脆弱性（vulnerability），這是「責怪受害者」這個觀念的一種早期表達方式[1]。雖然這種詞組是由心理學家創造出來的，社會學家很快就加以採用。其中心思想就是在一個以顯著不平等為特色的社會裡，少有機會的人通常會做出事實證明代價龐大的選擇，像是輟學、使用毒品或者犯罪，而那些選擇可能讓他們的處境變得更差。傳統社會可能責怪這些人自己做出糟糕的選擇，不過根據這個論證的說法，這種責怪放錯地方了，因為是這個社會把可怕的絆腳石放在他們前進的道路上，他們是受害者。責備應該重新導向讓許多人居於劣勢的種族歧視階級體系。

很明顯的是，社會學家對於強調社會安排重要性的論證相當有同感。與此同時，有一股相容的文化浪潮興起，把注意力引向受害者的社會環境；這股浪潮包括種種顯眼的運動，對抗多種形式的虐待（像是虐待兒童以及虐待老人）；設法對強姦及其他犯罪受害者提供更大支持的受害者權利運動；還有受害者學興起，成為犯罪學中的一個專門分支。談論受害者變得很時興。

這樣把焦點放在受害者身上，反映出一種通俗劇式的視野（請見第十三章），在其中受害者被認為易受傷害、脆弱、而且值得被理解與同情。某些社會學家似乎認為「責怪受害者」是一種邏輯謬誤，把這當成一種推論中的錯誤。這是個可以辯護的立場，但我們應該承認，有可能以其他預設為基礎來做社會學研究。舉例來說，青少年犯罪社會學家曾經描述過「好男孩問題」(good boy problem)[2]。意思是，我們總是有可能指出某些年輕男子在艱苦環境下，在與變成少年犯有關聯性的那種條件下長大（就說是在貧民窟裡成長吧），然而這些人避開淪為少年犯罪者的命運——也就是說，他們是「好男孩」。換句話說，論證說少年犯罪是由於這些結構條件所導致，是過度預測：如果在貧民窟裡長大導致少年犯罪，我們要如何解釋所有來自貧民窟卻沒變成少年犯的人？如果社會學家論證責怪受害者忽視了社會結構的力量，好男孩們則提醒我們這種力量有其極限。

可以指出許多類比性的例子。舉例來說，有很多證據顯示，在最窮困的五分之一（也就是收入最低的百分之二十家庭）環境下長大的孩子，其中只有相當少數在成年後還在最低收入的五分之一裡。不是每個人都達成美國夢、成功發達的事實，有時候被呈現為針對美國社會體系的明顯控訴。然而這種批評忽視了在底層五分之一被扶養長大的多數孩子，成年後確實移入更高的其他五分之一的證據——我們可能會把這些人想成是說明向上流動性的好男孩（還有好女孩）。就像我們有可能誇張了社會結構導致少年犯罪的力量，社會結構阻擋流動性的傾向也可能是誇大其詞。

結構隊肯定有點道理。個人的童年環境，確實讓人比較容易留在原地，而不是朝著社會階梯往上（或往下）爬得更遠些。我們可以想像這種狀況有很多理由：像是歧視與偏見等種種障礙，可能卡在人企圖往上爬的路上；來自較弱勢背景的人比較沒有管道取得資源（例如好學校）；而個人傾向於在他們已經熟悉的環境周遭，計畫他們的生活。因為許多學生進入大學時相信美國是個特別開放的社會，是任何人都可以「登頂」的社會，負責導論課程的社會學講師長期以來，都認為他們的責任是示範說明美國人事實上比學生們想像中更少有社會流動。跟這一點綁在一起的，是這個學科對於受害者與脆弱之人的強調[3]。然而這裡有種緊張關係：因為這種態度可能導致人忽視了儘管有這些阻礙，實際上還是發生了為數不少的流動。

專注於受害性，也會支持對受害性的本質做出更加擴大的定義。在此請考量微歧視（microaggression）的概念[4]。如同這個詞彙所暗示的，這些微小的片段時刻、話語或姿態，通常發生在面對面的互動中，而被理解為貶低另一個人的社會地位。這個概念通常被用在精神病學、心理學與教育中，雖然某些社會學家也加以採用。基本觀念是，人可能成為許多微小輕蔑行為的目標，因而受害——備感壓力或受到孤立。關於微歧視，最常見的討論是牽涉到種族或族裔，但這個概念被應用在性別、性向、還有被認為易受傷害的其他範疇的人。

一個行為的特徵是否能被描述成微歧視，只能取決於受害者的看法：本意是要表現友善的評語，如果在接收對象理解中揭露了某種潛藏的偏見，就可能被歸類成微歧視；就像在某個例子裡，被問到「你從哪裡來？」，在當事人理解中，可能蘊含了「你不屬於這裡」。

就像色盲種族歧視，微歧視的觀念給分析者權力，在被描繪為加害者的人可能否認他們有任何惡意的狀況下，還是指出有受害狀況[5]。請注意，這兩個詞彙都合併了暗示這些行為令人困擾而且粗魯的字眼——**種族歧視**（racism）與**侵略性**（aggression）。當然，社會學家利用他們的能力提出一個令人訝異的觀點，藉著不同於他們的研究對象可能選擇的說法，來詮釋社會生活。無怪乎這個概念變得時興。與此同時，我們不能就這樣理所當然地接受這個概念的用處；就像社會科學裡的所有新觀念，它需要成為批判思考的對象。

到頭來，文化浪潮可以扭曲學科內的思維，鼓勵把研究問題表述成跟流行浪潮的預設一致；同時，其他主題沒那麼符合這波浪潮描述中的社會與社會生活，就沒人注意了。如果一個陣營內充滿了共享特定同類型關懷的成員，觀念很容易生根，而在一個有意識形態同質性的學科裡，也不難發現這些觀念就算沒有得到普遍接受，也會被容忍。

分門別類登錄種種形式的不平等，是社會學很重要的部分，對於更普遍的社會科學來說亦然。不過社會學的任務，延伸到遠超過只是責難不平等之外；而趕上一波文化浪潮，並不能合理化拋棄社會學的其他關注項目。

禁忌

不過學科內的口徑一致，還有另外一種潛在來說更加嚴重的後果。社會學家可能變得不太情願處理「問不得的研究問題」。也就是說，存在某些禁忌性的主題，或者至少是有潛在禁忌性的發現。

普遍而言，這些主題處理的是像種族、階級、性別與性向這樣的敏感話題。所有這些主題，都是社會學家長期以來的研究對象。早期社會學研究暴露出種族歧視與階級結構導致的傷害，並且設法解釋那些體系受害者的反應。對於以性別跟性向為基礎的不平等所產生的興趣，是在稍後興起的。在所有這些例子裡，社會學家都論證歧視是錯的。

在此同時，社會學家設法記錄不平等的證據。而當然了，多的是可以記錄的不平等。實質上，任何社會指標——收入、財富、預期壽命、教育成就——都揭露了跟族裔、階級、性別或性向有關的模式，而社會學家（其中大多數人屬於結構隊）相當自在地解釋，這些模式是由結構安排所導致的，同時排除（有時候是立刻）提出其他原因的解釋。而且，因為在社會學之內有這樣的意識形態一致性，還有可能論證說，社會學家甚至不該問其他解釋是否相干。

現在請考量家庭結構對兒童未來展望的相關性。政治保守派——請記得，這種人在社會學內很罕見——論證說，由已婚男女跟他們的子女組成的傳統核心家庭，給予孩子多種優勢。但社會已經在改變了：有更多小孩是由未婚父母所生，還有更多夫婦分道揚鑣，所以有更大部分的孩子生活在單親家庭裡；此外，還有更多小孩是由男同志或女同志伴侶扶養。整體而言，社會學家支持這些導致兒童在多樣化家庭裡長大的改變。然而許多保守派擔心，出自這些非傳統家庭的孩子會受到傷害——他們在學校裡會有問題，或者承受其他種類的傷害。

可能會有人想像，這個考量會創造出社會學家的一個研究機會。也確實如此——不過，結果並不見得受歡迎，要看結果顯示出什麼而定。顯示出兒童在各種家庭背景裡都表現良好的研究，很快就被接受。然而指出來自傳統家庭的孩子具備優勢的研究，就有可能碰上沒那麼熱烈的反應。當然，這不是新鮮事了。挑戰某學科現行共識的發現，總是會面對抵抗，其中一些抵抗無疑反映出對於該研究的優點還有爭議[6]。不過禁忌是不同的——它們藉著設法阻擋某些觀念的表達，來遏阻辯論。

很明顯，批評研究者的測量、比較與證據選擇，是完全合理的。在某些狀況下，科學家可能會很自在地立刻排除已經被徹底破解的主張——像是地平說這種想法。不過這樣的排除，預設了對於地圓說論證的證據、還有地平說主張的缺陷，已經有了既定的共識。這非常不同於拒絕某個研究，只因為那些發現跟你可能希望發現的事情不一致。

思考困難的事情

批判思考是非常重要的，因為這容許社會科學家用最有說服力的證據來建立知識。批判思考也提出挑戰，因為我們通常認為我們已經知道什麼是真的，而我們抗拒——甚至怨恨——其他人的批評。

所有不同取向、不同陣營的社會學家，都適用相同的標準：如果我們要設法理解世界的實況——相對於我們可能希望它是什麼樣——我們就需要批判性地思考我們自己的主張，也需要聆聽並考量其他人的批評。這是個混亂而且通常不太舒服的過程，不過對於建立社會學知識來說，是很必要的。

批判思考重點整理

- 新知識的發展通常有爭議性，會引起論戰。
- 文化浪潮形塑了我們對於不同觀念的開放性。
- 把某些主題定義成禁忌，妨礙了批判思考。

後記　批判思考為何重要
Afterword: Why Critical Thinking Is Important

批判思考可能是一種孤獨的追尋。畢竟這牽涉到保持批判性——對於別人的想法如此，但對自己的推論亦然。被批評並不怎麼愉快；這件事可以讓人非常挫折。把批判思考掩蓋過去，幾乎總是比較容易。

然而批判思考極端重要。進步來自願意仔細思考，質疑別人告訴你的事，對於被大家接受的智慧保持懷疑態度。環顧你的周遭；就算在你閱讀這段話的時候，你周圍也都是各種物體，而你的腦袋裡充滿了種種想法，那是科學進程的產物——也就是說，是批判思考的產物。批判思考讓人類得以發展到今天，而如果種種事物要繼續變得愈來愈好，批判思考就有不可或缺的必要性。

後記　批判思考為何重要
Afterword: Why Critical Thinking Is Important

注釋
Notes

第1章——什麼是批判思考？

1 批判思考文獻為數眾多。教育資源資訊中心（Education Resources Information Center，簡稱ERIC）的資料庫——搜尋教育學術文獻的基本資源——列出了數千個在摘要中提到批判思考的資料來源。

2 與此同時，對於我們的學校與大學有個常見的批評是，有太多學生不具備他們需要的批判思考技巧。舉例來說，請想想阿倫（Arum）和羅克薩（Roksa）令人憂心的發現：「三個學期的大學教育……對於學生的批判思考技巧幾乎沒有顯著的影響。」（二〇一一）

3 Merseth (1993)。

4 尼姆（Neem, 2019）論證說，最重要的批判思考技巧，是各學科的專門技巧：也就是說，像是歷史學家、文學學者、化學家與社會學家，都需要不同種類的技巧。

第2章——基本事項：論證與假設

1 我從史蒂芬・圖爾明（Stephen Toulmin,1958）中借用以立場－論據－結論組成的論證模型。

第3章——日常論證

1 科勒・豪斯曼（Kohler-Hausmann, 2007）討論過關於「社福吸血蟲」（welfare queens）的故事，如何形塑關於社福政策的辯論。

2 舉例來說，請參照National Center for Statistics and Analysis (2018)。

3 傳統的邏輯謬誤目錄中，充滿了拉丁文術語——例如「後此故因此」（拉丁語：post hoc ergo propter hoc，錯誤地假定如果B隨著A而來，A一定導致了B）。這本書會聚焦在那些看來與社會學特別相關的謬誤。

4 Scherker (2015); Brown (2015)。

5 S.Davis (2015); Gilson (2013)。

6 有一篇評論談到墮胎安全性的議題與證據，請見National Academies of Sciences, Engineering, and Medicine (2018)。

7 關於隱喻的重要性，請見Lakoff and Johnson (1980)。對於特定隱喻的社會學批評，請見Best (2018)與Furedi (2018)。

8 有大量相關文獻。例如Zygmunt (1970)。

9 例如Collins (2000)。

第4章——社會科學的邏輯

1 一般公認十八世紀哲學家大衛・休謨（David Hume）首先清楚說明判斷因果論證的基本判準。

2 Becker (1963),135-46。

3 Dickson (1968),153 n33。

4 這個問題的其他例子，請見Fischer (1970), 169-72。

5 Robin (2004)。

6 Laposata, Kennedy, and Glantz (2014)。

第5章——權威與社會科學論證

1 Shiller (2015)。

2 Best (2003)。

3 Best (2001a)。

4 社會學家有時候會研究自己這門學科的運作方式——這稱為社會學的社會學。甚至有一本專注於這個主題的期刊，《美國社會學家》(*The American Sociologist*)。

第6章——社會學的社會世界

1 Pease and Rytina (1968)；也參見Best (2016)。

2 請見Gubrium and Holstein (1997)對於「談論方法論」的討論。

3 Best (2006a)。

4 數十年來，對教授們的政治傾向所做的研究，已經一致地發現社會學是有最高比例自由派以及／或者民主黨人的學科之一。要看二十一世紀的例子，請見Cardiff and Klein (2005)；Gross and Simmons (2014)。

5 既然我在替社會學家分門別類，我稍微揭露我在社會學世界中的位置可能比較公平。我的主要社會學陣營是理論性（符號互動論）與實質性的（社會問題建構研究〔studies of social construc-

tion〕)。

6 Cole (1994,2006)。

第7章——取向

1 Pinker (2018)。

2 雖然不是社會學家，戴蒙（Diamond, 2005）提供了社會崩潰的案例研究（《大崩壞：人類社會的明天?》〔*Collapse: How Societies Choose to Fail or Succeed*〕)。

3 Herman (1997)。

4 例子請見Lareau (2011)。

5 Goffman (1952)。對於高夫曼在他的經典之作《精神病院：論精神病患與其他被收容者的社會處境》（*Asylums*）中展現的喜劇風格，詳細的分析請見Fine and Martin (1990)。

6 M. Davis (1993), 150。

7 例如Brooks (2000)。關於沃爾夫，請見Best (2001b)。

8 Parkinson (1957); Peter and Hull (1969)。

第8章——用語

1 Best (2003)。

2 這方面有許多例子，不過經典批評是Mills (1959)與Sorokin (1956)。

3 Becker (1986)。

4 Billig (2013)。

5 Smith (1992)。

6 Best (2006b)。

7 這些不是新的議題了。Allport (1954) 認為「黑色人種（Negro）」開頭要是沒作大寫，是有問題的。

8 Goffman (1961)。

9 Furedi (2016)、Haslametal (2020)。

10 Goffman (1961)，頁四（強調的部分是原文所加）。

第9章——問題與測量方式

1 Mosher, Miethe, and Phillips(2002)。

2 Mosher, Miethe, and Phillips (2002)。

3 Lee (2007).

4 這是一本處理一個廣泛主題的小書，所以免不了含糊帶過許多特殊事例。對於質疑研究內容，有其他作者提供了更詳細的準則（例如Harris [2014]; Nardi [2017]; Ogden [2019]），而且有大量文獻在討論社會科學方法論。

第10章——變數與比較

1 藥廠以形形色色的方式贊助評估他們產品價值的研究，可能對科學文獻有形塑的作用，對此的研究請見Goldacre (2012)。

2 這種邏輯的經典陳述，出現在Glaser and Strauss (1967)。

第11章——傾向

1 Selvin (1958) 創造了這個詞彙，雖然他把這個想法歸功於 Robinson (1950) 更早發表的一篇論文。

2 例如 Buckingham, Comen, and Suneson (2018)。

3 Federal Bureau of Investigation (2018)。

第12章——證據

1 Eisner (2003)。

2 Robin (2004)。

第13章——同溫層

1 Harrington (1997)。

2 Rosenthal (1966)。

3 Robin (2004)。

4 Rosenthal and Jacobson (1968)。

5 Janis (1982)。

6 Lareau (2011)。

7 要看惡作劇者對這些事件的說法，請看 Pluckrose, Lindsay, and Boghossian (2018)；還有 Sokal and Bricmont (1998)。

第14章——困難的主題

1 Ryan(1971)。

2 Reckless, Dinitz, and Murray (1957)。當然，這個詞彙的起源，早於社會學家開始設法把性別歧視從他們的語言中根除以前。

3 Waiton (2019)。

4 Embrick, Domínguez, and Karsak (2017)。

5 Bonilla-Silva (2015)。

6 Redding (2013)。

參考書目
References

Allport, Gordon W. 1954. *The Nature of Prejudice*. Cambridge, MA: Addison-Wesley.

Arum, Richard, and Josipa Roksa. 2011. *Academically Adrift: Limited Learning on College Campuses*. Chicago: University of Chicago Press.

Becker, Howard S. 1963. *Outsiders: Studies in the Sociology of Deviance*. New York: Free Press.

——. 1986. *Writing for Social Scientists: How to Start and Finish Your Thesis, Book, or Article*. Chicago: University of Chicago Press.

Best, Joel. 2001a. "Giving It Away: The Ironies of Sociology's Place in Academia." *American Sociologist* 32, 1: 107–13.

——. 2001b. "'Status! Yes!': Tom Wolfe as a Sociological Thinker." *American Sociologist* 32, 4: 5–22.

——. 2003. "Killing the Messenger: The Social Problems of Sociology." *Social Problems* 50, 1: 1–13.

——. 2006a. "Blumer's Dilemma: The Critic as a Tragic Figure." *American Sociologist* 37, 3: 5–14.

——. 2006b. *Flavor of the Month: Why Smart People Fall for Fads*. Berkeley: University of California Press.

——. 2016. "Following the Money across the Landscape of Sociology Journals." American Sociologist 47, 2–3: 158–73.

——. 2018. *American Nightmares: Social Problems in an Anxious World*. Oakland: University of California Press.

Billig, Michael. 2013. *Learn to Write Badly: How to Succeed in the Social Sciences*. Cambridge: Cambridge University Press.

Bonilla-Silva, Eduardo. 2015. "The Structure of Racism in Color-Blind, 'Post Racial' America."*American Behavioral Scientist* 59, 11: 1358–76. Brooks, David. 2000. *Bobos in Paradise: The New Upper Class and How They Got There*. New York: Simon & Schuster.

Brown, Kristi Burton. 2015. "10 Pro-Abortion Myths That Need To Be Completely Debunked." *LifeNews.com*, February 25, www.lifenews.com/2015/02/25/10-pro-abortion-myths-that-need-to-be-completely-debunked.

Buckingham, Cheyenne, Evan Comen, and Grant Suneson. 2018. "America's Most and Least Educated States." *MSN.Money*, September 24, www.msn .com/en-us/money/personalfinance/america's-most-and-least-educated-states/ar-BBNlBSS.

Cardiff, Christopher F., and Daniel B. Klein. 2005. "Faculty Partisan Affiliations in All Disciplines: A Voter-Registration Study." *Critical Review* 17, 3: 237– 55.

Cole, Stephen. 1994. "Why Sociology Doesn't Make Progress Like the Natural Sciences." *Sociological Forum* 9, 2: 133–54.

——. 2006. "Disciplinary Knowledge Revisited: The Social Construction of Sociology." *American Sociologist* 37, 2: 41– 56.

Collins, H. M. 2000. "Surviving Closure: Post-Rejection Adaptation and Plurality in Science." *American Sociological Review* 65, 6: 824–45.

Davis, Murray S. 1993. *What's So Funny? The Comic Conception of Culture and Society*. Chicago: University of Chicago Press.

Davis, Sean. 2015. "7 Gun Control Myths That Just Won't Die." *The Federalist.com*, October 7, http://thefederalist.com/2015/10/07/7-gun-control-myths-that-just-wont-die.

Diamond, Jared. 2005. *Collapse: How Societies Choose to Fail or Succeed*. New York: Viking.

Dickson, Donald T. 1968. "Bureaucracy and Morality: An Organizational Perspective on a Moral Crusade." *Social Problems* 16, 2: 143–56.

Eisner, Manuel. 2003. "Long-Term Historical Trends in Violent Crime." *Crime and Justice* 30: 83–142.

Embrick, David G., Silvia Domínguez, and Baran Karsak. 2017. "More Than Just Insults: Rethinking Sociology's Contribution to Scholarship on Racial Microaggressions." *Sociological Inquiry* 87, 2: 193–206.

Federal Bureau of Investigation. 2018. *2017 Hate Crime Statistics*, Table 12. 請見https://ucr.fbi.gov/hate-crime/2017/topic-pages/tables/table-12.xls.

Fine, Gary Alan, and Daniel D. Martin. 1990. "A Partisan View: Sarcasm, Satire, and Irony as Voices in Erving Goffman's *Asylums*." *Journal of Contemporary Ethnography* 19, 1: 89–115.

Fischer, David Hackett. 1970. *Historians' Fallacies: Toward a Logic of Historical Thought*. New York: Harper & Row.

Furedi, Frank. 2016. "The Cultural Underpinning of Concept Creep." *Psychological Inquiry* 27, 1: 34–39.

——. 2018. *How Fear Works: Culture of Fear in the Twenty-First Century*. London: Bloomsbury Continuum.

Gilson, Dave. 2013. "10 Pro-Gun Myths, Shot Down. *Mother Jones.com*, January 31, www.motherjones.com/politics/2013/01/pro-gun-myths-fact-check.

Glaser, Barney G., and Anselm L. Strauss. 1967. *The Discovery of Grounded Theory: Strategies for Qualitative Research*. Chicago: Aldine.

Goffman, Erving. 1952. "On Cooling the Mark Out: Some Aspects of Adaptation to Failure." *Psychiatry* 15, 4: 451–63.

——. 1961. *Asylums: Essays on the Social Situation of Mental Patients and Other*

Inmates. Garden City, NY: Doubleday Anchor.

Goldacre, Ben. 2012. *Bad Pharma: How Drug Companies Mislead Doctors and Harm Patients*. London: Fourth Estate.

Gross, Neil, and Solon Simmons. 2014. "The Social and Political Views of American College and University Professors." In *Professors and Their Politics*, ed. Neil Gross and Solon Simmons, 19–49. Baltimore, MD: Johns Hopkins University Press.

Gubrium, Jaber F., and James A. Holstein. 1997. *The New Language of Qualitative Method*. New York: Oxford University Press.

Harrington, Anne, ed. 1997. *The Placebo Effect: An Interdisciplinary Exploration*. Cambridge, MA: Harvard University Press.

Harris, Scott R. 2014. *How to Critique Journal Articles in the Social Sciences*. Thousand Oaks, CA: Sage.

Haslam, Nick, Brodie C. Dakin, Fabian Fabiano, Melanie J. McGrath, Joshua Rhee, Ekaterina Vylomova, Morgan Weaving, and Melissa A. Wheeler. 2020. "Harm Inflation: Making Sense of Concept Creep." *European University of California Press Review of Social Psychology* 31, 1: 254–86.

Herman, Arthur. 1997. *The Idea of Decline in Western History*. New York: Simon & Schuster.

Janis, Irving L. 1982. *Groupthink: Psychological Studies of Policy Decisions and Fiascoes*. Boston: Houghton Mifflin.

Kohler-Hausmann, Julilly. 2007. "'The Crime of Survival': Fraud Prosecutions, Community Surveillance, and the Original 'Welfare Queen.'" *Journal of Social History* 41, 2: 329–54.

Lakoff, George, and Mark Johnson. 1980. *Metaphors We Live By*. Chicago: University of Chicago Press.

Laposata, Elizabeth, Allison P. Kennedy, and Stanton A. Glantz. 2014. "When Tobacco Targets Direct Democracy." *Journal of Health Politics, Policy, and Law* 39, 3: 537–64.

Lareau, Annette. 2011. *Unequal Childhoods: Class, Race, and Family Life*. 2nd ed. Berkeley: University of California Press.

Lee, Murray. 2007. *Inventing Fear of Crime: Criminology and the Politics of Anxiety*. Cullompton, Devon, UK: Willan.

Merseth, Katherine K. 1993. "How Old Is the Shepherd? An Essay about Mathematics Education." *Phi Delta Kappan* 74 (March): 548–54.

Mills, C. Wright. 1959. *The Sociological Imagination*. New York: Oxford University Press.

Mosher, Clayton J., Terance D. Miethe, and Dretha M. Phillios. 2002. *The Mismeasure of Crime*. Thousand Oaks, CA: Sage.

Nardi, Peter M. 2017. *Critical Thinking: Tools for Evaluating Research*. Oakland: University of California Press.

National Academies of Sciences, Engineering, and Medicine. 2018. *The Safety and Quality of Abortion Care in the United States*. Washington, DC: National Academies Press. 請見http://nationalacademies.org/ hmd/reports/2018/the-safety-and-quality-of-abortion-care-in-the-united-states.aspx.

National Center for Statistics and Analysis. 2018. *2017 Fatal Motor Vehicle Crashes: Overview*. Traffic Safety Facts Research Note. Report No. DOT HS 812 603. Washington, DC: National Highway Traffic Safety Administration.

Neem, Johann N. 2019. "On Critical Thinking: We Can Only Think Critically about Things about Which We Have Knowledge." *Hedgehog Review Blog*, August 13, https://hedgehogreview.com/blog/thr/posts/on-critical-thinking.

Ogden, Jane. 2019. *Thinking Critically about Research: A Step-by-Step Approach*. New York: Routledge.

Parkinson, C. Northcote. 1957. *Parkinson's Law, and Other Studies in Administration*. Boston: Houghton Mifflin.

Pease, John, and Rytina, Joan. 1968. "Sociology Journals." *American Sociologist* 3, 1: 41–45.

Peter, Laurence J., and Raymond Hull. 1969. *The Peter Principle: Why Things Always Go Wrong*. New York: Morrow.

Pinker, Steven. 2018. *Enlightenment Now: The Case for Reason, Science, Humanism, and Progress*. New York: Viking.

Pluckrose, Helen, James A. Lindsay, and Peter Boghossian. 2018. "Academic Grievance Studies and the Corruption of Scholarship." *Areo*, October 2, https://areomagazine.com/2018/10/02/academic-grievance-studies-and-the-corruption-of-scholarship.

Reckless, Walter C., Siom Dinitz, and Ellen Murray. 1957. "The 'Good Boy' in the High Delinquency Area." *Journal of Criminal Law, Criminology, and Police Science* 48, 1: 18–25.

Redding, Richard E. 2013. "Politicized Science." *Society* 50, 5: 439–46.

Robin, Ron. 2004. *Scandals and Scoundrels: Seven Cases That Shook the Academy*. Berkeley: University of California Press.

Robinson, W. S. 1950. "Ecological Correlations and the Behavior of Individuals." *American Sociological Review* 15, 10: 351–57.

Rosenthal, Robert. 1966. *Experimenter Effects in Behavioral Research*. New York: Appleton-Century-Crofts.

Rosenthal, Robert, and Lenore Jacobson. 1968. *Pygmalion in the Classroom: Teacher Expectations and Pupils' Intellectual Development*. New York: Holt, Rinehart & Winston.

Ryan, William. 1971. *Blaming the Victim*. New York: Pantheon.

Scherker, Amanda. 2015. "10 Abortion Myths That Need to Be Busted." *Huffington Post*, January 22, www.huffingtonpost.com/2015/01/13 /abortion-myths_n_6465904.html.

Selvin, Hanan C. 1958. "Durkheim's *Suicide* and Problems of Empirical Research." *American Journal of Sociology* 63, 6: 607–19.

Shiller, Robert J. 2015. *Irrational Exuberance*. 3rd ed. Princeton, NJ: Princeton University Press.

Smith, Tom W. 1992. "Changing Racial Labels: From 'Colored' to 'Negro' to 'Black' to 'African American.'" *Public Opinion Quarterly* 56, 4: 496–514.

Sokal, Alan, and Jean Bricmont. 1998. *Fashionable Nonsense: Postmodern Intellectuals' Abuse of Science*. New York: Picador USA.

Sorokin, Pitirim. 1956. *Fads and Foibles in Modern Sociology and Related Sciences*. Chicago: Regnery.

Toulmin, Stephen Edelston. 1958. *The Uses of Argument*. Cambridge: Cambridge University Press.

Waiton, Stuart. 2019. "The Vulnerable Subject." *Societies* 9: 66.

Zygmunt, Joseph F. 1970. "Prophetic Failure and Chiliastic Identity: The Case of Jehovah's Witnesses." *American Journal of Sociology* 75, 6: 926–48.

洞見

像社會學家一樣批判思考，美國思辨教育的共同必修課，用以檢驗各種主張與立論依據的能力

洞見：像社會學家一樣批判思考，
美國思辨教育的共同必修課，
用以檢驗各種主張與立論依據的能力／
喬・貝斯特（Joel Best）著；吳妍儀譯.
－初版.－臺北市：麥田出版：
家庭傳媒城邦分公司發行，民110.08
　面；　公分.
譯自：Is that true? :
critical thinking for sociologists
ISBN 978-626-310-056-5（平裝）
1.社會學 2.思維方法 3.推理
540.2　　　　110010120

封面設計　許晉維
印　　刷　漾格科技股份有限公司
初版一刷　2021年8月
初版三刷　2023年10月
定　　價　新台幣350元
I S B N　978-626-310-056-5
Printed in Taiwan

作　　者　喬・貝斯特（Joel Best）
譯　　者　吳妍儀
責任編輯　林如峰
國際版權　吳玲緯
行　　銷　何維民　吳宇軒　陳欣岑　林欣平
業　　務　李再星　陳紫晴　陳美燕　葉晉源
副總編輯　何維民
編輯總監　劉麗真
總 經 理　陳逸瑛
發 行 人　凃玉雲

出　　版

麥田出版
台北市中山區104民生東路二段141號5樓
電話：(02) 2-2500-7696　傳真：(02) 2500-1966
網站：https://www.facebook.com/RyeField.Cite/

發　　行

英屬蓋曼群島商家庭傳媒股份有限公司城邦分公司
地址：10483台北市民生東路二段141號11樓
網址：http://www.cite.com.tw
客服專線：(02)2500-7718; 2500-7719
24小時傳真專線：(02)2500-1990; 2500-1991
服務時間：週一至週五09:30-12:00; 13:30-17:00
劃撥帳號：19863813　戶名：書虫股份有限公司
讀者服務信箱：service@readingclub.com.tw

香港發行所

城邦（香港）出版集團有限公司
地址：香港灣仔駱克道193號東超商業中心1樓
電話：+852-2508-6231　傳真：+852-2578-9337
電郵：hkcite@biznetvigator.com

馬新發行所

城邦（馬新）出版集團【Cite(M) Sdn. Bhd. (458372U)】
地址：41, Jalan Radin Anum, Bandar Baru Sri Petaling,
57000 Kuala Lumpur, Malaysia.
電話：+603-9057-8822　傳真：+603-9057-6622
電郵：cite@cite.com.my